girls Out Late

もう帰らなきゃ!!

ガールズ アウト レイト

ジャクリーン・ウィルソン＝作
ニック・シャラット＝画
尾高 薫＝訳

理論社

もう帰らなきゃ!!

ガールズ アウト レイト

「シルビア・プラス詩集」（双書・20世紀の詩人 4）
小沢書店　徳永暢三　編・訳

•

GIRLS OUT LATE
by Jacqueline Wilson
illustrated by Nick Sharratt

ブックデザイン／高橋雅之（タカハシデザイン室）
描き文字／大滝まみ

girls out Late

CONTENTS

アンダーソン・ガールズ・スクールの噂の三人組！

Ellie エリー

茶色のちぢれ毛。過激なダイエットに失敗。
死んだおかあさんに会いたい。アートで成功したい

おとうさん●アートスクールの教授。自分は進歩派だと思っている
アンナ●おとうさんの二度目の妻（もとの教え子）。デザイナー志望
エッグ●小学1年生の弟
ダン●マンチェスターにいる元カレ。ダサいけど、いいヤツだった

Nadine ナディーン

黒のストレート。モデル体型で服とメイクはモノトーン。インディーズ好き。つらい恋を経験

ナターシャ●子どもタレントとして活躍中の妹
おかあさん●ナターシャばかりかわいがる、おカタい母親。趣味が悪すぎ
リアム●元カレ。夢中になったけど悲惨なことに
ビッキー●リアムのいまのカノジョ

Magda マグダ

赤く染めたベリーショート。バッチリメイクと胸の谷間がミリョクだけど、やりすぎることも……

両親＆兄たち●末娘のマグダをあまやかし放題
グレッグ●元カレ。子どもっぽいので、すぐ別れた

ヘンダーソン●エリーたちの担任。体育教師。ホッケーの鬼
ウィンザー●産休中のリリー先生のかわりにやってきたハンサムな美術教師
マドレー●国語の教師。いい人だけど、遅刻にうるさい

謎のスケッチ男
謎のバイク男
クローディア・コールマン●超人気女性ロックシンガー
フランキー・ドブソン●プロのサッカー選手。クローディアのカレシ
デイブ●無名のバンド "Indie" のリードギタリスト。黒髪にドクロの指輪がカッコいい
イアン●同じくベーシスト。ちょっとブタ
ユーアン●同じくドラマー
ミランダ●アフリカ系の超美人。仕事は広告関係。すごくやさしかった……

1 Girl Time
ガールズ・タイム

今日はこれから出かける予定。もちろん、マグダとナディーンとわたしの三人で。特別なことがあるわけじゃない。ちょっと遅《おそ》めの時間にショッピングするだけ。夜ふかしするつもりなんか全然ない。六時半に待ち合わせて、フラワーフィールド・ショッピングセンターであちこち見る。それからマクドナルドで軽く食べて、九時には「ただいま」という、非《ひ》の打ちどころのない計画だ。

だから、とくにオシャレもしない。そりゃまあ、制服《せいふく》は着がえるけど、いつもの黒のバギーパンツで出かけるつもりだ。これ、もとは黒だったんだけど、どうも洗濯《せんたく》しすぎたみたいで、すっかり色褪《いろあ》せてしまった。今はきたないねずみ色に近い。そうはいっても、わたしのサイズにピッタリでしかも太って見えないパンツは、世界じゅうを探《さが》したってこれ以外にない。このブカブカのパンツをはくと、なぜだか、おしりは小さくかわいく、足も細く長く見えるからふしぎだ。

上には新しいピンクのストライプシャツを合わせてみた。だけど、なんだかキマらない。色がちょっと明るすぎるのかも。このピンクを着ると、もともと赤い頬《ほお》がよけいに目立つ。親友のナディーンみたいに青白いくらいの顔色だったらいいのに。どうせわたしは、いくつになってもりんごのほっぺ——おまけに、エクボまである。

わたしはシンプルなダークカラーのトップスを求めてあちこちあさり、Vネックのスクールセーターを引っぱり出した。じつはこれ、小学一年生の弟のエッグのだから、わたしが着るとピッチリしすぎる。鏡の前で時間をかけて、いろんな角度から映してみた。どうしても胸《むね》のあたりが気になる。どんなに姿勢《しせい》を悪くしても、ド迫力《はくりょく》の胸がつき出してて、かくしようもない。マグダなんか、ワンダーブラのストラップを必死で短くして、もう少しであごについちゃうってところまで、胸をあげて寄《よ》せてるけど、わたしは逆《ぎゃく》だ。胸がはっきりとんがって見えるのがイヤでたまらない。少しでもラインが目立たないようにと、わたしはブラのカップにティッシュを一枚《まい》ずつ詰《つ》めこんだ。

次は髪《かみ》。ブラシで力まかせにとかして、なんとかいうことをきかせようとする。自分の体なのに、どうして思いどおりにならないの？　なかでも最悪なのがこの髪の毛。すごいちぢれ毛で、しかもありとあらゆる方向にはねようとするからどうしようもない。ナディーンはいいよね。背中《せなか》まである漆黒《しっこく》の髪は一糸乱《いっしみだ》れぬストレート。マグダの髪もサイコー。流行のベリーショートで、ヘアカラーはまばゆい赤《スカーレット》。マグダにとても似合《にあ》ってる。わたしなんかが短くしても、丸顔がよけい強調されるだけだ。いずれにしても、この恥《は》ずかしいくらいまっ赤《か》な頬《ほお》があるかぎり、髪を赤くするなんてありえない。だいたい、そめるなんて義理《ぎり》の母のアンナが許《ゆる》してくれない。ほんのちょっと色が明るくなるだけのヘナシャンプーを使うのさえ、しっかりチェックしてるんだから、まったくいいかげんにしてほしいよ。

そのアンナを拝《おが》み倒《たお》しておこづかいをねだろうと、わたしはドタドタとキッチンへかけこんだ。テーブルでは、エッグがわたしの古い目覚まし時計で遊んでいる。バカみたいに、歌なんか歌っちゃって。「四時、テレビ、楽しいな。五時、もっとテレビ、もっと楽しい。六時、ごはん、いっただっきまーす！」

「それ、だれのだと思ってんの？」わたしはプリプリしてみせた。

「エリー、それずっとまえからこわれてるじゃない。エッグが時計の勉強をするのにちょうどいいわ。エッグ、今度は長いほうの針《はり》を動かしてみたら？」と、アンナ。

「まったく、こんなおバカな弟がいてサイコー。この時計、もとはといえばコイツがこわしたんだからね。勝手に針をいじってさ！」

「十二時、ま夜中、エリーがカボチャにヘンシーン！」エッグったら、ひとりで笑いこけてる。

「出かけるの、エリー？」

「うん。ちょっと買い物してくる。マグダとナディーンといっしょに」

「七時、お風呂《ふろ》、ジャーブジャブ。八時、おねんね、ヤダヤダヤダ」

「宿題は終わったの？」

「学校から帰って、すぐにやった」

「本当？」

「ホントだよ。ちゃんと終わってるってば」

「たしかテレビ見てたじゃない」

「見ながら宿題もやったの！」

子ども番組なんてめったに見ないけど、今日はたまたま、アイディア満載《まんさい》の、アートの新番組をやっていた。じつはわたし、将来《しょうらい》はグラフィックデザインをやりたいと思っている。だけど、おとうさんが教えてる美術《びじゅつ》学校にだけは絶対《ぜったい》行かない。ほかの子と並《なら》んで、「先生、ステキ！」なんて、できるわけない。信じられないけど、アンナはかつておとうさんの教え子だった。そしてわたしのおかあさんもそうだった。おかあさんは、わたしがまだ小さいころに天国に行ってしまった。だけど、今でもおかあさんのことはよく考える。

というわけで、弟のエッグとわたしは半分だけ血がつながっている。

「あー、ドロボー！」突然《とつぜん》エッグが金切り声をあげて、こっちを指さした。「それ、オレが学校に着てくのだぞ。返せよ！」

「ちょっと借りるだけだから、いいでしょ！」

エッグのヤツ、いつもはこのスクールセーターがイヤでたまらなくて、アンナが毎朝学校へ着ていかせるのに、苦労している。エッグのお気に入りは、アンナの手編《てあ》みの派手派《はでは》手《で》セーターやカーディガン。あっちのほうが、よっぽどヘンチクリンだと思うけど。エッグがもっと小さかったころなんか、お気に入りのテレビのキャラクター、テレタビーズそっくりのセーターを四色そろいで持っていた。その日の気分で、今日はティンキーウィンキーだからパープル、ディプシーだからグリーン、ラーラのときはイエロー、そしてポーになりきりたいときはレッドと、着がえてたっけ。今日のエッグは、お気に入りの恐竜《きょうりゅう》のキャラクター、赤紫色《あかむらさきいろ》の「バーニー」のカーディガンを着ている。自分がもう、アンナのオ、シャ、レ、な手編みのセーターを着る歳《とし》じゃなくて、ホントによかった。

「エリーはよごすからヤダ！」エッグのヤツ、まだあきらめない。

「よごすのはどっちよ？」

食事のたびにこぼすのは、アンタでしょ。どの服も、ベイクトビーンズのオレンジ、卵《たまご》の黄身の黄色、ジュースの紫《むらさき》と、シミだらけじゃない。このスクールセーターだって、なにかついてないかと心配で、着るまえに念入りにチェックしたんだから。

「エリーが着ると、クサくなるからヤダ！」

「そんなわけないでしょ！　なによそれ！　あたしのどこがクサいのよ」

「エリーはクサい、エリーはクサい！　そうだよね、ママ？」エッグのヤツ、すっかり調子に乗ってる。

「そんなことないわよ！」と、いいはしたけど、急に不安になってきた。まさかホントに、においなんてしてないよね？　でももし、デオドラントが効《き》いてなかったら？　みんな、ちょっとひきつりながら鼻をつまんで、それとなくわたしと距離《きょり》をおいているのに、気づかないのは自分だけ、なんてことはないよね？

「エリーはクサくなんかないわよ」と、アンナ。

「クサいってば！　なんかお化粧《けしょう》みたいなヘンなにおいがするもん。オレのセーターが女の子クサクなったらヤダ」エッグのヤツ、絶対《ぜったい》ゆずろうとしない。おまけにセーターを引っぱろうとするから、わたしは必死になってエッグの手をはらいのけた。

「アンナ、コイツなんとかして、セーターがやぶけちゃう！」

「エッグ、いいかげんになさい。だけどねエリー、これは正真正銘《しょうしんしょうめい》エッグのものよ。そもそも、どうしてあなたは他人《ひと》のものばかり着たがるの？　このあいだまでは、何年もおとうさんのＬＬサイズのＴシャツを着てた。すそがひざ下にこようがまるでおかまいなし。それが今度は弟のとんでもなく小さいセーターを着たがる。いったいいつになったら、自分にちょうどいいものを着てくれるのかしら？」

それでもわたしは、アンナの服だけは借りたことがない。わたしとアンナは、歳《とし》は十四しかはなれてないけど、センスがまるでちがう。体型もまったくちがう。アンナは細い。わたしはその反対。だけど、これはもう気にしないことに決めた。じつは先学期、マジでダイエットしようとして、ほとんど拒食症《きょしょくしょう》になりかけた。だけど今はもうだいじょうぶ。

すっかりもとどおり。

その証拠《しょうこ》に、わたしは出かけるまえにアンナたちとチーズトーストを平らげた。あとでマクドナルドでも食べるのに。

「おとうさんに何時ごろむかえに行ってもらう？」と、アンナ。

「いいよ。バスで帰るから」

「本当？　暗くなるからひとりはダメよ」

「だってひとりじゃないもん。ナディーンもバスだから、パークヒル通りまではいっしょだし」

「だったらいっそ、ナディーンの家まで行って、電話を借りなさい。そしたらおとうさんがむかえに行くから。それならいいでしょ？」

「ハーイ、わかりました」

わたしはアンナにニッコリ笑ってみせた。アンナもニヤッとして、交渉《こうしょう》が無事成立した。以前はアンナと気が合うなんて考えられなかったけど、今ではなぜか友だち感覚だ。

「なにがハーイだよ！　ママ、エリーにオレのセーター返せっていってよ！」エッグが、キックしてくる。

コイツとは一生仲良くなるもんか。学校用の革靴《かわぐつ》をはいたままでけりつけられて、マジで脛《すね》が痛《いた》い。わたしのパンツはアーミー調だけど、当然、カッコだけだから、実際《じっさい》の戦闘《せんとう》シーンではなんの役にも立たない。

「やめて、エッグ。これ以上うるさくすると汗《あせ》かいちゃう。そしたらあんたの大好きな香《こう》水《すい》を、シューッとスプレーしなきゃ。まちがえてセーターにこぼしちゃうかもよ」

「ダメ、ダメ！　絶対《ぜったい》やめろよな！」

「エリー、エッグをからかうのもいいかげんになさい」アンナがため息をついた。それからハンドバッグをごそごそいわせて、「ところでおこづかいはいくら残ってるの？」ときいてくれた。

「ホントいうと、スッカラカンなんだ。このあいだもマグダに借りた。日曜に泳ぎに行ったとき」

「わたしからも借りてるでしょ。ほら、タイツのお金」

「ああ、そうだった。どうしよう、今に借金だらけで逮捕《たいほ》されちゃう」

「もう少し――なんていうか――計画的に使うようにしないと」アンナはそういいながら財布《さいふ》を開いた。

「これからは気をつける。それにしても、おこづかいが少なすぎだよ。マグダなんて、わたしの倍ももらってるんだから」

「そんなのしかたないでしょ」

「だって不公平じゃない！」

「人生はそういうものなの！」

そうでしょうとも。とにかく十四歳《さい》になり次第、なんでもいいからアルバイトするって決めてるんだ。だれがなんといおうと、これだけは本気。それでどうにか、マグダやナディーンと肩《かた》を並《なら》べられる。実際《じっさい》は、まだ半分も追いつかないとは思うけど。

「持って行きなさい」アンナが五ポンド札を一枚《まい》よこした。

少し胸《むね》が痛《いた》む。アンナも目下のところ無職《むしょく》だ。エッグが小学校に入って以来、かなり真《しん》剣《けん》に職探《しょくさが》しをしてるみたいだけど、まだ見つからない。ケチなおとうさんからお金をもらわなければならないのは、アンナも同じだ。結婚《けっこん》という制度《せいど》は、どうしてこう不公平なんだろう。わたしは絶対《ぜったい》結婚なんかしない。それ以前に、男の子にはまったく縁《えん》がないけど。

マグダは男の子が大好きだ。ナディーンはマグダほどじゃない。もっとも去年は、リアムっていう質《たち》の悪いのに引っかかって、ひどい目にあわされた。じつをいうとそのころはわたしにも、「カレシ未満」みたいな子がいた。というより「男の友だち」といったほうが近いかもしれない。あこがれの君《キミ》とは全然ちがった。それでも向こうはわたしに夢中《むちゅう》で、ラブレターを山のように送りつけてきたり、早く会いたいって大騒《おおさわ》ぎだった。そしてわたしに永遠《えいえん》の愛を誓《ちか》った。それが、いつのまにか手紙が来なくなったと思うと、なんのことはない、別の子に出会って、今度はそっちに永遠の愛を誓ったというわけだ。べつに、どうでもいいけど。どうぞご自由に。もともと本気でつき合ってたわけでもない。だいたいカレシなんてほしいとも思わない。これは本心。

やっとウチをぬけ出すと、ナディーンの家でもおかあさんともめてる最中だった。ナディーンのおかあさんは、ナディーンが自分や妹のナターシャといっしょにカントリーラインダンスを習わないといっておかんむりだ。これは、おかあさんたちが娘《むすめ》をつれてくる、どうしようもなくダサい、ダンス教室。ナディーンのおかあさんはラインダンスに夢中《むちゅう》だ。手作りの衣装《いしょう》までこしらえる熱の入れよう。デニム地のスカートとお揃《そろ》いのジャケットに、フリルのついた白いカウボーイブーツでキメている。ナディーンの妹のナターシャもミニサイズのカウガールファッションがお気に入りだ。ラインダンスも大好きで、レッスン会場では、ほとんどアイドル並《な》みの待遇《たいぐう》を受けている。じつはこのブルーデニムの生地《きじ》は、ナディーンの分も用意されていた。白いカウボーイブーツも、たのめば大喜びで買ってくれることだろう。だけどナディーンにしてみれば、そんなものを着せられてラインダンスをするくらいなら、死んだほうがマシというもの……とくに母親や生意気な妹といっしょなんて考えられない、というわけだ。

「ナディーン、あなたって人は——家族じゃないみたい!」ナディーンのおかあさんがこぼした。

「こっちこそ、こんな家族の一員じゃなければと思うわよ！」ナディーンはきっぱりといい返した。「とにかく今は、エリーとフラワーフィールドに行くんだから」

「フラワーフィールドですって！　信じられない！　この前の土曜日に、ナターシャと三人でフラワーフィールドにショッピングに行こうってさそったとき、自分がなんていったか忘《わす》れたの？　『買い物なんて大きらい。とくにフラワーフィールドには行く気がしない』っていったじゃないの」

ナディーンは、ブラックのアイラインを入れた目元で、「やってられないわ」というようにわたしに目配せした。

ナディーンのおかあさんはため息をついた。「エリー、あなたもおかあさまにこんな口のきき方をするの？」

「ウチは事情《じじょう》がちがいますから」わたしは当たりさわりのないように答えようとした。

「つまり、アンナとは血がつながってないし、歳《とし》も近いし。どちらかというと母娘《おやこ》というよりは姉妹《きょうだい》のような関係です。ですから、あまりいろいろいわれることもありません」

「まったく母親なんて、いないほうがずっとマシ」やっと家から出してもらえたナディーンが嘆《なげ》いた。「あの人にしてみれば、あれでもまだいいたいことの半分もいってないのよ。しかもナターシャはナターシャで、頭がどうにかなりそうなくらいにムカつくし。考えてもみて。あの家を出ていけるまで、あと四年か五年はこの状態《じょうたい》が続くのよ。いったいどうすればいいの!」ナディーンは大げさにこぶしをにぎりしめた、と次の瞬間《しゅんかん》「キャー、爪《つめ》が折れちゃった――!」と悲鳴をあげた。

ナディーンはそれからきっかり五分間は、折れた爪のことを嘆き続けた。わたしはなんとか気をそらそうと、十八歳《さい》になって〈家族ごっこ〉のお役目が法的にも終了《しゅうりょう》したあとに訪《おとず》れる、輝《かがや》かしい未来について熱く語った。わたしたちはふたりとも美術《びじゅつ》学校の学生で、わたしの専攻《せんこう》はグラフィックアート、ナディーンの専攻はファッションだ。小さなアパートをいっしょに借りて、好きなときに起きて、好きなときに食べて、好きなときに出かけて、毎週土曜日にはパーティをする。

わたしたちはバスの中でも熱心に計画を練りあげ、待ち合わせ場所の、フラワーフィールドに着いたときも、インテリアのことで議論《ぎろん》を続けていた。ところがマグダを見た瞬間、そんなことはすっかり吹き飛《ふ》んでしまった。体にピッタリはりつくピンクのレースのシャツを着たマグダはものすごく目立ってる。ティッシュでなだらかにみせた胸《むね》は、うらやましくてドキドキした。わたしにもあの自信があれば！

「ちょっと、これ、おニューじゃない！」

「パンツも新しいでしょ？」ナディーンがマグダを上から下までチェックしながらつけ加えた。背中《せなか》にまわってウェストのラベルを引っぱり出すと、「ヤダ、DKNYですって！こんなの、どうやって手に入れたの？」

「週末に、キャスおばさんが遊びに来たんだ。ダイエットするつもりで、何週間もまえにボンドストリートでこのパンツを買ったんだって。ところがただの一キロもやせられない。それであたしがラッキーしたわけ」

「わたしには、どうしてそういうおばさんがいないのかしら？」ナディーンが嘆いた。

「上も、おばさんにもらったの？」欠けてしまった一本以外はきれいに爪《つめ》をのばした手で、ナディーンがうらやましそうにシャツをなぜた。

「そう、プレゼント。だけど、色はどう？　髪《かみ》の色とケンカしてない？」

「どんな色だって、その髪とはケンカするよ」わたしは、マグダの目のさめるようにまっ赤《か》なベリーショートの髪をくしゃくしゃにした。

「このシャツとおんなじパールピンクの口紅《くちべに》を買いたいんだ。さ、行こう。ショッピングタイム、スタート！」

わたしたちは、化粧品《けしょうひん》売り場をイヤになるくらい何周もした。マグダはカン、ペ、キ、な、ピ、ン、クの口紅を求めて、腕《うで》に何本もピンクのストライプをつらねた。ナディーンもブラックの口紅をつけたり、シルバーのパウダーを試《ため》したり、サンプルで熱心に遊んでる。わたしは少し退屈《たいくつ》してきた。じつをいうと、メイクにはそれほど気合が入らない。もちろん、メイク用品も少しは持ってるし、さあ出かけようってときにはいちおうメイクをする。だけど問題なのは、いつもメイクしてることを忘《わす》れて、目をこすってアイラインをにじませたり、口をふいてあごに口紅をつけたりしてしまうことだ。

お次はマニキュアコーナーだ。ここでもイヤになるくらい時間がかかった。ナディーンはつけ爪のキットを買った。よくある、シールやラメやラインストーンなんかをいろいろつけて遊ぶヤツ。マグダも同じのを買った。わたしが買っても、つけ爪がついてるのを忘れてかじってしまうのが関の山だ。いつか、この爪をかむクセをなんとかしようとは思ってる。だけど今のところ、わたしの歯はビーバー顔負けの勢《いきお》いで、指先をかじりたがって手がつけられない。

「ふたりとも、いいかげんにして。店がしまっちゃうよ!」やっとのことで、最上階の画材屋までふたりを引きずってきた。ところがこの人たちときたら、ほんの数秒であきてしまって、店の外でフラフラしはじめた。わたしは分厚《ぶあつ》いスケッチブックを手に取ったり、ピカピカ光る巨大《きょだい》な缶《かん》いっぱいの色とりどりのフェルトペンを熱いまなざしでながめたり。この店に来てからまだたったの一分だというのに、マグダとナディーンは、入り口から何度も顔をのぞかせては、早く早くとわたしをせかす。今度はいろんなペンで試し書きをしてみる。「わたしはエリー。絵を描《か》くのが好き」その隣《となり》には鼻の曲がった小さいゾウのイラストを描いた。〇・七ポイントのフェルトペン、〇・三ポイントの極細《ごくぼそ》、それからフッーの太さのグーンと燃《も》えるようなピンク……だけどとうとう店の外からのプレッシャーに負けて、いつもの〇・五ポイントの黒ペンと、これまた定番の小さいま四角の黒い表紙のスケッチブックを買う羽目になった。お金をほとんど使い果たしてしまったから、マグダとナディーンにフライドポテトを恵《めぐ》んでもらうか、さもなければ、おなかをすかせたままガマンしなくちゃ……それでもわたしは満足だった。

　そのあとは、三人で腕《うで》を組んで歩きながら、ほかの店を見てまわった。靴屋《くつや》ではハイヒールをはいて、酔《よ》っぱらいみたいにヨタヨタ歩いた。それからCDショップHMVにも長《なが》居《い》して、クローディア・コールマンの最新アルバムに聴《き》き惚《ほ》れた。わたしたちは、音楽の好みが全然ちがう。だけど三人ともなぜかクローディアが大好きだ。マグダが好きな理由は、歌詞《かし》が力強くて自信に満ちているから。ナディーンが好きな理由は、クールで最先端《さいせんたん》を行く音楽性《おんがくせい》。そしてわたしは、クローディアの髪《かみ》が好き。ワイルドに波打つロングヘアー——

ちぢれているのがわたしとちょっと似《に》てる？　――でも向こうのほうがずっとステキ。しかもクローディアは――ちっとも太ってはいないけど――ロックスターのなかではかなりグラマーなほうだ。いわば理想の女《ひと》といったところ。

店はこんでいた。マグダはこんなときでもぬかりなく、イケてる男の子のそばに行っている。みんな、「イイねぇ」という目線でマグダに注目し、さっそく三人が話しかけてきた。ナディーンとわたしは、ため息をついて少しはなれた。いつものこととはいえ、なんともムカつく。

「男の子が三人に、女の子が三人。なのに三人とも、必ずマグダがイイっていうのよね！」ナディーンはやさしいから、マグダの次に選ばれるのが自分だとはいわない。だけど最後に残るのがわたしなのは、どう見てもはっきりしている。

「おいてかないでよ！」マグダがあわてて追いかけてきた。男の子が呼《よ》んでもおかまいなし。

「あの子たちといたければ、べつにいいのに」と、わたし。

「そうよ。先にマクドナルドに行ってるから、あとから来れば？」と、ナディーン。

ところがマグダは、「だから、今来たんじゃない。忘《わす》れたの？　今日は女の子だけでお出かけの日だよ。ヤダ、時計見て！　もうこんな時間。早く食べに行こう！」

マグダは気前よく、ハンバーガーとフライドポテトをおごってくれた。わたしはお返しに、ま新しいスケッチブックの一ページ目にマグダの肖像画《ポートレイト》を描《か》いた。ピンクのシャツにデザイナーズブランドのパンツでバッチリキメて、モデルみたいにターンしてるところ——足元には超《ちょう》ミニサイズのマグダ・ファンがわんさかひしめいてる。次のページにはナディーンを描いた。最初、ジョークのつもりで、ド派手《ハデ》なカウボーイルックを着せてみた。だけどあんまり怒《おこ》るから、今度はゴージャスな魔女《まじょ》のナディーンを描くことにした。凝《こ》ったマニキュアをほどこした長い鉤爪《かぎづめ》には宝石《ほうせき》が埋《う》めこまれ、手には針《はり》を一面つきさした呪《のろ》いの人形——ナターシャそっくり——をにぎりしめてる。

なんだか描きたりなくて、モデルを探《さが》してあたりを見まわした。そして奇妙《きみょう》なことに気がついた。わたしたちの席の反対側に、男の子がひとりいる。べつにその男《コ》がヘンというわけではない。黒い瞳《ひとみ》にやわらかそうな長めの髪《かみ》で、どちらかといえば見た目はイイほうだ。あの制服《せいふく》はハルマー高校《ハイスクール》だ。あの学校は、ほとんどがイヤミな金持ちのぼんぼんタイプか、ダサいガリ勉タイプのどっちかなんだけど、あの男《コ》はそのどちらでもないみたい。ヘンなのは、なんと、ペンと小さなスケッチブック――わたしのとよく似《に》てる――を手にこっちを見てスケッチしているということ――まさか、わたしのことなんか描いてないよね？

そんなことありえない。絶対《ぜったい》に。マグダに決まってる。いつだって注目されるのはマグダだ。だけどその男《コ》は顔をあげると、視線《しせん》をまっすぐわたしに向けた。しかも、マグダがミルクシェーキのストローを取りに席を立っても顔を動かさない。だったら、モデルはナディーンだ。そう、きれいな長い髪と切れ長の黒い瞳《ひとみ》のナディーンにちがいない。だけど今ナディーンは、いすの背《せ》にだらっともたれてて、向こうからは見えないはず……。

やっぱりわたしを見てる？　目をあげてわたしの顔を見て、またスケッチブックに向かう、何度も何度もそれをくり返す。スケッチブックの上をペンが走る。わたしに気づかれてるのもわかってるだろうに、手を止めない。

「どうかしたのエリー？　顔赤くして」と、ナディーンにいわれた。

「ウソ？　ホントに赤い？」

「まあ、ショッキングピンクともいえるけど。なにかあったの？」

「なんでもない」

「あんた、だれ見てんの？」ストローを持ってマグダが帰ってきた。察しのいいマグダは、さっと見まわして、「へえ、あのハルマーの男《コ》に色目使ってんの？」

「ちがうってば」

「どの男《コ》？」ナディーンもキョロキョロしはじめた。

「やめて！　見られてるよ」

「こっちも見返してやればいいじゃない」マグダはこともなげにいう。「あの男《コ》なにしてんの？　なんか書いてるみたいだけど」

「たぶんスケッチしてるんだと思う」

「なにを？」

「だからわたしを！」

マグダとナディーンはわたしの顔をまじまじと見た。ふたりともちょっとびっくりしたみたい。

「なんのために？」ナディーンにたずねられた。

「わかんない。なんだかとっても——ヘンな気分」その男は一瞬《いっしゅん》目をあげて、それからまた視線《しせん》を下に向けた。

「こっちも描《か》いてやれば？」マグダがまた大胆《だいたん》なことをいう。「エリー、描きなよ」

「ヤダよ。バカみたいじゃない」

「そんなことないって。ほら、早く！　向こうがあんたを描くなら、こっちも向こうを描けばおあいこでしょ？」と、マグダがいう。

「わかった」そこでわたしは、わたしをスケッチしてるその男《コ》を描きはじめた。ジョークにしようと、目にはキラキラ星を浮《う》かべ、髪《かみ》も実物よりかなり長めで、なにかにすごくびっくりしている表情《ひょうじょう》にした。手にしたスケッチブックにはわたしが小さく描《えが》かれてる。絵の中のわたしもやっぱりスケッチブックを持っていて、そこには豆粒《まめつぶ》のようなその男《コ》が描かれている。

「サイコー！」と、マグダ。

「ようするに、今エリーが描《か》いてるのは、あの男《コ》のことを描いてるエリーのことを描いてるあの男《コ》ってわけ？　――ダメ、考えると頭がクラクラしちゃう」と、ナディーン。

「ちょっと、アイツこっちに来るよ！」マグダの声がした。

「ウソでしょ？」そういって顔をあげると、たしかにあの男《コ》が歩いてくる。視線《しせん》は、わたしを直撃《ちょくげき》だ。

あわててスケッチブックを閉《と》じて、ひざの上にかくそうとした。

「それはないだろ。見せてよ」その男《コ》はわたしたちの席で立ちどまると、ニッコリ笑いかけた。「そしたらぼくのも見せるからさ」

マグダとナディーンはブッとふき出した。

「これじゃ、ちょっとことわれないね、エリー」マグダがいうと、

「エリーだって？　もしかして、エリー・エレファントってきみのこと？」

わたしは穴《あな》があくほど、その男《コ》を見つめた。今、エリー……エレファントっていった？　なんでヒトの昔のニックネームを知ってるわけ？　それともただ、おまえはゾウ並《な》みに太ってるっていいたいの？

拒食症《きょしょくしょう》になりかけてたときのような、幻覚《げんかく》が襲《おそ》ってきた。パンパンにふくらんだ風船になった気分。さあさあ、寄《よ》ってらっしゃい、見てらっしゃい、マクドナルドの驚異《きょうい》のデブ女はこちら――。

「エリー・エレファントって……？」巨大化《きょだいか》したわたしは、やっとの思いで子ネズミのような声をしぼりだした。

「さっき上の画材屋にいたんだ。あの店、知ってる？」

「知ってるなんてもんじゃないわ」マグダがまたよけいなことをいう。「この子、人生の半分はあの店にいるようなもんだから」

「おかげで、わたしたちの人生の半分もね」と、ナディーンまで。

ところがその男《コ》は、「ぼくもそうなんだ」という。「さっきの店での続きだけど、ペンを試《ため》そうとして、エリーの名前と鼻の曲がった、かわいいゾウのイラストを見つけたんだ」

「なんだ、そういうこと！　たしかにそれはわたしよ」わたしはようやく、もとの大きさにもどることができた。

「じゃあ、そのスケッチブックにも、あのゾウがたくさん描《か》いてある？」

「そんなことないよね、エリー？」マグダがわりこんでくる。「だって、あたしのこと描いてくれるはずだったでしょ」

「わたしのことも描く約束よ。それからあなたもね！」ナディーンったら、なにをいいだすつもり？

「え？　ぼく？」その男《コ》は身を乗り出した。

「ナディーン、やめてよ！」

「いいじゃないか、見せてよ。じゃあ、まずはこっちから」その男《コ》はスケッチブックを広げてみせた。「きみだよ」

わたしは目がはなせなくなった。心臓《しんぞう》がドキドキいってる。肖像画《ポートレイト》なんて、今まで一度も描いてもらったことがない。まあ、エッグがクレヨンで芸術的に描いた〈家族〉の絵には、いちおうわたしも入ってたけどね。あの子の描いた〈わたし〉ときたら、大きいまるがふたつ、手足は四本の線、それに髪《かみ》の毛が乱暴《らんぼう》に書きなぐってある、という代物《シロモノ》だったけど。

目の前の男《コ》が描いたわたしは——ただ、「すごい」のひと言。この人《ヒト》、才能《さいのう》ある。使ってるペンはわたしのと同じだけど、勢《いきお》いがあるし、テクニックもすごい。きっとオーブリー・ビアズリーのファンなんだ。アウトラインは、ビアズリーばりの自信に満ちた太い線で、反対に髪の毛やセーターは、細かく描きこんで、うまく素材感《そざいかん》を出してる。わたしの髪、わたしの顔、そしてわたしの、じゃなかった、エッグから借りたセーター。しかも絵の中のわたしは、「こんなふうになれたら」というあこがれのわたしだ。知的な雰囲気《ふんいき》で、スケッチに没頭《ぼっとう》している。絵の中のわたしがスケッチしているのは、この人《ヒト》自身だ。そして、絵の中のわたしがスケッチしているこの人《ヒト》は、わたしの姿《すがた》をスケッチしてる。

「すごーい！　見て、こっちは、エリーのことをスケッチしてるこの人のことを描《か》いてるエリーで、エリーの絵は、この人のことをスケッチしてるエリーのことを描いてるこの人だって」ナディーンが興奮《こうふん》した。

「ゴチャゴチャいわれてもわかんない。とにかくエリー、あんたのも見せなきゃ」

マグダはいうが早いか、スケッチブックをもぎ取って、わたしが描いたその男《コ》の絵を見せた。その男《コ》は笑いながら、

「これサイコーだな」

「そんなことない。あなたのほうがずっと上手《じょうず》」

どうしてこんなことといっちゃうんだろう。ああ、イヤだ。競争してるつもりなんかないのに。ふだんなら、勉強で一番とるとか、ホッケーの試合で勝つとか、まるで気にもしない。だけど美術《びじゅつ》のことになると、どうしてもダメ。心のどこかで、自分はウマイと思ってる。クラスのだれにも負けないって……。

「何年生ですか？」思わずきいてしまった。

「十一年だよ」

少しはほっとした。あと二年すれば、わたしもこれくらい描けるようになるかも知れない。まあ、可能性《かのうせい》ゼロではない。

「きみたちは？」

「三人とも九年生です」

ナディーンがマグダに、「まったく！」というように目配せした。ふたりとも、ため息ついちゃって、わたしが学年をバラしたのが気に入らないらしい。そりゃあ、マグダとナディーンなら、十年生っていってもだいじょうぶだと思う。もっと上でも通るかもしれない。だけどわたしは無理。背《せ》は低いし、まんまるほっぺにエクボまである。下手《へた》すると、十一、二歳《さい》に見られてしまう。ただし胸《むね》だけは、ふたりに勝っていた。わたしは座《すわ》り直した。胸をそらしたりしたわけじゃない。ちょっと姿勢《しせい》をよくしただけ。

「コーヒーおかわりしに行くけど、きみたちもどう？」

「結構《けっこう》です。もう帰るところだから」とヒトがいってるのに、マグダったらちゃっかり、「あら、まだ早いわよ。お願いしてもいいですか?」なんていっちゃって。

その男《コ》はニコッと笑ってカウンターのほうに行った。スケッチブックはこっちのテーブルにおいたままで。

「もうお金ないのに。さっきもマグダから借りたでしょ!」わたしはブツブツいった。

「払《はら》わせとけばいいのよ。ハルマー高《ハイ》の男《コ》なんて、おこづかいたっぷり持ってるに決まってるわ」ナディーンはこともなげにいった。「それよりエリー、あの男《コ》マジであなたのこと気に入ってるわよ」

「冗談《じょうだん》でしょ!」そういいながらもまた顔が熱い。「あんなの社交辞令に決まってるじゃない」

「じゃあ、いい人だからマクドナルドじゅうの人間に、コーヒー買ってくれるっていうの?」

「たまたま、わたしがスケッチしてたからだよ。どっちみち、お目当てはわたしじゃない。

ナディーンかマグダのどっちかだって」

「やっぱそう思う?」マグダはさっそく髪《かみ》に手をやって、くちびるをなめている。

「マグダったら、すぐその気になるんだから。残念ながら、あの男《コ》の目にはエリーしか映《うつ》ってないわよ」

コーヒーを持ってくると、その男《コ》はわたしたちの席に座《すわ》った。しかもわたしの隣《となり》に。

「ねえエリー、ほかにはなにを描《か》いてたの? えーと、ぼくはラッセル」ラッセルはそういって、片手《かたて》を差し出した。握手《あくしゅ》なんて、と一瞬《いっしゅん》面くらったけど、この人やけに礼儀《れいぎ》正しいんだと思って、わたしもその手をにぎり返そうとした。なのに、ラッセルったらびっくりしたみたい。

「ゴメン、スケッチブックを見せてもらおうと思ったんだ」

「ウソ!」わたしはまっ赤《か》になって、あわてて手をひっこめようとした。

だけどラッセルはそのままわたしの手をぎゅっとにぎった。「せっかくだから握手しよう。友だちになったしるしに」

ナディーンがマグダに、ほらネ、とうなずいた。ナディーンのいうとおりだ。だけど信じられない。突然《とつぜん》世界がちがって見える。だってこんなこと、ホントに初めて。

「さてと、今度はスケッチブックの番だ」ラッセルは、わたしが描《か》いたマンガチックなマグダとナディーンを見て。ニヤッと笑った。

「ホントにうまいよ」

「ウソばっかり。さっきササッと描いただけだもの。ちゃんと描けばもうちょっとはマシに描けるけど。それにしたって、あなたとはくらべものにならないわ」

「すごく才能《さいのう》があると思うけどな。将来《しょうらい》グラフィックデザインやろうとか考えてないの？」

なんだか大人あつかいされて、イイ気分。ラッセル自身が大人の雰囲気《ふんいき》だ。今までに唯《ゆい》一《いっ》つき合ったことのあるヤツは、グ、ラ、フ、ィ、ッ、クって言葉も知らなくて、ス、テ、ィ、ッ、クのりかなんかだと思ってた。

「まあね」わたしは軽く受け流そうとした。

「キングタウン美術《びじゅつ》学校のグラフィックコースが、評判《ひょうばん》いいみたいだよ」

「あそこはパス。じつは父親が教えてるの」

「そっか、じゃあマズいね。ウチの母親も中学部で教えてたから、その気持ちわかるよ。自分の親を『先生』って呼《よ》ぶなんて、ヤなもんだよ。しかも、息子《むすこ》だからひいきしてくれるならまだしも、反対にイジメられてまいったよ」

わたしたちは学校の話ですっかり盛《も》りあがった。マグダがわりこんできて、小学校のころドカ弁《べん》を持たされて恥《は》ずかしかった話をした。マグダの両親はレストランをやっていて、気に入った人にはとことん食べさせなければ気がすまない。当然マグダは、いちばんのお気に入りというわけだ。両親だけじゃなく、ほとんどの人はマグダが好きだ。なのにラッセルは、感じよく相槌《あいづち》を打ってはいるけど、マグダにはまったく興味《きょうみ》がないみたい。とうとうマグダもあきらめた。

「さ、ナディーン、そろそろ帰ろっか?」

「そうね。じゃあ、エリー。また明日」

「チョット、おいてかないでよ。わたしも帰るから」

「じゃあ、送っていくよ。エリーはどうやって帰るの？」

「ナディーンと同じバスだけど」

「偶然《ぐうぜん》だね。ぼくもだ」

「そんな、どのバスかも知らないじゃない！」

「きみのバスだよ」

マグダとナディーンは、もうすっかりあきれ顔だ。わたしの笑顔《えがお》もカンペキにひきつっている。手の甲《こう》をあてると、頬《ほお》は目玉焼きができそうに熱くほてってる。外に出て、やっと少し涼《すず》しくなった。最初に、マグダがバイバイと手をふった。歩きながらも、まだ納得《なっとく》いかない、というように首をかしげている。わたしはどうしていいかわからずに、ラッセルとナディーンのあいだをちょこちょこ歩いた。なんとかして、少しは気のきいた話がしたい。美術《びじゅつ》のことで、ラッセルにきいてみたいことは山のようにある。だけどそれじゃ、ナディーンが仲間ハズレになる。だからって、ナディーンとふたりで、フランス語の宿題や、マニキュアの話をしたら、ラッセルに悪い。

どうにも気まずくて、わたしはふたりの顔色を交互《こうご》に盗《ぬす》み見た。わたしの視線《しせん》に気づいて、ナディーンはあきれた、という表情《ひょうじょう》。ラッセルのほうはニッコリ笑って軽く咳《せき》ばらいした。そしてさり気なくなにかの曲を口ずさんだ。たぶんラッセルもなにを話していいかわからないんだ。そう思って少しはほっとした。

「そのアルバム、持ってるの？」

ナディーンに突然《とつぜん》たずねられて、なんのことだかさっぱりわからず、わたしはただボケーッとナディーンを見返したけど、ラッセルはちゃんと反応《はんのう》した。ラッセルが口ずさんでたのは、ナディーンがひいきにしているカルト系《けい》バンドの新曲だった。わたしは聴《き》いたこともない。ラッセルとナディーンは、バンドの話ですごく盛《も》りあがった。

「エリーはどう？　アニマル・アングストは好き？」

ラッセルに急に話をふられて、わたしは目をパチクリした。アニマル・アングストなんて、最大のボリュームでかかってたとしても、わからないだろう。「うん、まあまあかな」

といちおう無難《ぶなん》に答えたつもりだ。

ナディーンにはさらにあきれられたけど、つっこまれなかった。これからは、毎週音楽雑誌《ざっし》を読まなきゃ。

バスを待つあいだに、通りの向こうのホラー映画《えいが》の大きなポスターが目に入った。〈ガールズ アウト レイト 2《ツー》〉

「やったー！ 金曜からロードショーだって。残酷《ざんこく》シーンの特撮《とくさつ》がスゴイらしいんだ。エリーは見に行くの？」

突然《とつぜん》きかれても、なんて答えていいかわからない。これって、デートのさそい？

い、行きますとも！ 心の底からいっしょに行きたい。だけど、じつはホラー映画は全然ダメ。こわい場面になると目をあけていられない。不気味な音楽が流れるだけで鳥肌《とりはだ》が立つ。そもそも、今までビデオでしか見たことがない。大画面で見ると、ビデオの何倍もの迫力《はくりょく》で、さぞかしこわいんだろうな。いっしょに見たら、たぶん、シートの下にでももぐりこまなきゃならない羽目になる。それにこの映画は十八歳《さい》未満おことわりのはず。わたしなんか、映画館に入れそうもない。どうしたって十八には見えないもの。

どうしよう。ラッセルが返事を待ってる。

「えーっと……」といっても、返事が出ない。

ナディーンが同じ監督《かんとく》の前作をベタぼめしはじめた。わたしはボーッとつっ立ってるだけ。ラッセルもナディーンの話を熱心に聞いている。やっと、わたしに興味《きょうみ》を持ったのが、まちがいだと気がついたんじゃないかな。ナディーンのほうが、ずっとお似合《にあ》いだ。

「エリーは、〈ガールズ アウト レイト〉どう思った？」とラッセルにきかれても、モゴモゴ「まあね」としか答えられない。

「おもしろかった？」ラッセルにもう一度きかれても、「えっとー」が精《せい》いっぱい。

どうしてもまともな言葉が出てこない。

「立体駐車場《ちゅうしゃじょう》のシーンなんかはどうだった？」またまたきかれて、わたしは思わず、助けを求めてナディーンを見た。

ついにナディーンも笑いだした。「あのね、エリーはそこまで見たことないの。わたしんちでビデオを見たときも、オープニングから目をおおってたわ。はじまって十分もたたないうちに、部屋から逃《に》げだして、どんなになだめてももどってこなかった」

ラッセルはニヤッと笑った。「それじゃ、エリーはホラーがちょっと苦手なんだ？」

ナディーンもニヤニヤしながら「そうそう、お子ちゃまテレビのキャラでさえマジにこわがるのよ」

恥《は》ずかしくて顔がまっ赤《か》だ。ラッセルも笑ってる。なんてバカな子だって思われたに決まってる。

「だったらよけい、いっしょに行きたいな。映画《えいが》のあいだじゅう、だきついてくれるかも！」

ひきつりながらなんとか笑い飛ばしたけど、どう考えてもみっともない。そして時計を見てびっくり。〈ガールズ　アウト　レイト〉の話なんかしてる間《ま》に、もう十時になるところだ！

それでもバスさえ来れば――ウチはすぐそこだ。あと少しでウチへ帰る、そのつもりだったのに……。

2 Time To Go Home

帰る時間が過ぎちゃった

バスの中では、ナディーンとラッセルのどちらと座《すわ》るべきか、また迷《まよ》った。ナディーンは先に乗って、ふたり掛《が》けの席にわざとゆったり座ってる。わたしは反対側に行きかけて、突然《とつぜん》ナディーンに悪い気がした。わたしたちは五歳《さい》のときからの大親友だ。それにくらべて、ラッセルとはたった一時間まえに会っただけじゃない。わたしは方向転換《てんかん》して、ナディーンの隣《となり》にすべりこんだ。ラッセルは反対側に座った。身を乗り出してさっきの続きを話しかけたけど、あいだにいるおばあさんにイヤな顔されたから、ニッコリ笑っておとなしく座りこんだ。

これでやっと、ナディーンとフツーに話せる。

「あー、まいった」ナディーンがつぶやいた。「マグダの手が早いのは知ってたけど、エリーのことは甘《あま》く見てたわ」

「だけどわたし、なにもしてない……」

「なにいってんの！　マクドナルドで、あの男《コ》のこと『こっちを向け』って、ずーっと見てたくせに」

「だってスケッチしてたんじゃない！　見なきゃ描《か》けないよ。それに先に描きはじめたのは向こうのほうだよ」

「とにかく、これからどうするの？　つき合うつもり？」

「そんなのわかんない。それに、さそわれたりはしないんじゃないかな。絵のことでちょっと話が合っただけだから」

「エリー！　まだわかんないの？　どこからどう見ても、あの人《ヒト》あなたに夢中《むちゅう》よ」

「マジでそう思う？」わたしは喜びに震《ふる》えた。

ナディーンはため息をついた。「いい？　バスをおりたら、わたしはウェストン通りで別れるから。おじゃま虫になりたくないもの」

「そんなことないよ！」

「あるってば。あなたたちが玄関先《げんかんさき》でキスするのを、折れた爪をみがきながら待ってるなんてゴメンだわ」

「キスなんかしないよ！」思わず声が大きくなる。ナディーンにはこづかれるし、ラッセルもこっちを見てる。聞こえてたらどうしよう。

「バカね、するに決まってるでしょ」と、ナディーン。

「だけどしたくない」

「あの男《コ》のこときらいなの？」

「――わかんない」やっぱりマヌケな答えしか出てこない。「ナディーンは？　あの男《コ》、どう思う？」

「悪くないんじゃない。まあ、わたしの好みじゃないけど」

「カッコいいと思う？」

「うーん。とくにダサくはないけど、制服《せいふく》じゃよくわからないわ」

「ねえ、キスするときって――今日みたいに初めてのときは――、例の舌は使うものなの？」

「したいようにすれば！」

「したいようにって……どうしたいかなんて、わからないよ」

これは本当だった。いつだって、ロマンチックな出会いを夢《ゆめ》みてはいた。だけどそれがいざ現実《げんじつ》となると、どうしていいかわからなくて、少しこわい。いっそラッセルが、マグダかナディーンを好きになればよかったのに。これはウソだ。ホントはそんなことちっとも思っていない。そもそも、ラッセルがスケッチなんてしなければよかったのに。そうすれば、いつもどおり女の子だけで楽しんで、今ごろはなにごともなくバスにゆられて、ナディーンと家へ帰るところなのに。

「ほら、おりるわよ」ナディーンがいった。

「あの男《コ》、いっしょにはおりないかも」といってみた。

「エリーってホントにわかってないわね。見なさい、あの人もおりるから」

「お願いナディーン、ウェストン通りでサヨナラしないで、いっしょに帰ろう！　たのむからウチに寄《よ》って。ふたりきりになりたくないよ」必死でたのんだのに、ナディーンに「エリーも少しは成長しなきゃ」といわれてしまった。

問題はそこだ。成長したいかどうか、自分でもよくわからない。

バス停についた。わたしたち三人はバスをおりた。

「じゃあふたりとも、お先に」とナディーンがいう。

「ナディーンッ！」

「また明日ね」ナディーンはラッセルにもうなずいてみせた。

「じゃあね、ナディーン。楽しかったよ」そういってからラッセルは、こっちに向き直った。「さてと……どっち？」

「ナディーンと同じ道からも行けるけど」

ナディーンは走っていってしまった。シェリーズのおニューの靴《くつ》の音を響《ひび》かせながら。

「無理にいっしょに行かなくても、いいだろ。それより、少しゆっくりしない？　このへんをしばらく散歩しようよ」

「どうしよう……」今日は腕時計《うでどけい》のかわりに、シルバーのブレスレットをジャラジャラつけてるから、正確《せいかく》な時間がわからない。だけど、もうかなり遅《おそ》いのはたしかだ。か、な、り、どころじゃない。本当に遅い。〈ガールズ アウト レイト〉を地《じ》でいってる。なんとしても、もう帰らなきゃ。ラッセルに家まで送ってもらおう。別れぎわに頬《ほお》に軽くキスして、ドアの向こうへ消える——そうしよう。そうしたい。

ところが、ラッセルはちがうことを考えている。

「エリー、行こう！」ラッセルはあたりを見まわした。「近くに公園はないの？　案内してよ。小さいエリーがアヒルに餌《えさ》をやった池なんてない？」

「池もないし、アヒルもいないわ。あるのはブランコぐらい」

「ブランコでじゅうぶんだよ。五分間だけ公園でブランコに乗ろう。長くても十分まで。だから、ね？」

頭がひとりでにうなずいてしまう。ということで、わたしたちは公園に向かった。ラッセルは歩きながらだんだん近づいてきて、ついにわたしの手を取った。

どうしよう。こんなとき指はどうするの？　ヘンな形になっちゃって気になるけど、下手《へた》に動かすとにぎり返したみたいにカン違《ちが》いされるかもしれない。どうしよう。手が汗《あせ》ばんできちゃった。それともラッセルの手が？　ま冬ならよかったのに。そしたら手袋《てぶくろ》でごまかせたはず。

あいにく今は春。エッグのキツキツセーターのせいか、やけに暑い。わたしったら、なにしてるんだろう？　ウチへ帰りたいのに。もうすっかり遅くなってしまった。このままだと、大変なことになる。

「ラッセル、わたし、もうホントに帰らなきゃ」

「わかってるよ。ぼくもさ」

「あなた、ウチは？」

「まあ、この近くだよ」

「ウソばっかり。公園の場所も知らないじゃない」

「うん――もうちょっとあっちのほうかな」ラッセルはあいてる手を適当にふって見せた。

「なにそれ。いいかげんにして。ホントはどこに住んでるの？」

「公園の近所だよ」

「またデタラメいって！」

「公園っていっても、ペムブリッジパークだけど」

「全然方向がちがうじゃない！」

それはビクトリア様式の豪邸《ごうてい》が立ちならぶ高級住宅街《じゅうたくがい》だ。いつかパーティで行ったことがある。たしか玄関《げんかん》にステンドグラスがついてて、ビビッた覚えがある。リビングに、教会みたいな祭壇《さいだん》と長いすでもあるんじゃないかと思ったくらい。ペムブリッジパーク周辺の住宅街で、とくに大きい邸宅《ていたく》なんか、マジで教会ぐらいの大きさで、おごそかな雰囲気《ふんいき》だ。今わたしは、そんなところに住んでる本物のハルマー高《ハイ》生と、おててつないで歩いてる。

「大きい家なんでしょ？」

「大きいことは大きいけど、ウチのスペースは一階だけだよ。庭も五分の一だけがウチのもの。一軒《けん》の家に何家族も住んでるんだ。ウチはまたややこしくて、ぼくは親父《おやじ》といっしょだけど、姉は母親とふたりでちがう場所にいる。親父にはカノジョもいて……。その話はやめとくよ。早く消え去れって、祈《いの》ってるんだ。あんなのが義理《ぎり》の母親になったらたまんないよ」

「わたしも義理の母親と住んでるの。でも、なんとかうまくいってる。小さいころは全然ダメだったけど、今では友だちって感じかな」

とはいえ、今この瞬間《しゅんかん》にウチに帰らないかぎり、アンナはもう友だちではいてくれないだろう。すごく心配してるにちがいない。

「その女はシンシアっていうんだけど――名前までダサいだろ？――友だちなんて、一生無理だね。あんなのといるなんて、ほとんど犯罪行為《はんざいこうい》だよ。親父はどうかしてるんだ。信じられないよ。それまでは結構《けっこう》うまくいってたのに――男ふたりでさ。それが今じゃ、朝から晩《ばん》までシンシアがいる……。最低だよ。だから最近は、なるべく家にいないようにしてるんだ。せまいリビングのソファで、自分の父親が、まるでそこらのガキみたいに、カノジョとイチャついてるんだぜ。居場所《いばしょ》なんかないよ」

「ヤだ、あなたの前でもそんなことするの？」

「ぼくが部屋からいなくなるとすぐイチャつくんだ。それでぼくがもどってくると、パッとはなれるんだ。こっちが親みたいだろ？　だからなるべく自分の部屋で、おとなしく絵を描《か》いたり宿題したりしてる。だけどいいかげんウンザリだよ、独房《どくぼう》に入れられてるみたいで。そんなときはひとりでふらっと出かけるんだ」

「友だちとかは？」

「友だちは山のようにいるよ。さびしいヤツだと思ってるの？」

「そういうつもりじゃないけど……」

「学校では、テキトーに楽しくやってるよ。つるんでるヤツらもいるし。だけど、学校の外となると、ウチの生徒はだいたいふた通りに分かれるんだ。ガリ勉タイプのオタクと――

そいつらは一番になることが生きがいで、楽しみといえば、インターネットでエッチなサイトにアクセスするくらい。反対にかなり遊んでるヤツらもいる——そいつらの関心はパーティで女の子をナンパしたり、お酒を飲んだり、クスリをやったり。ぼくみたいな軟弱《なんじゃく》系《けい》には、どっちもついていけないよ」

「あなたのどこが軟弱系なの？」

「とにかく男どうしって、女どうしとはちがうと思う。友だちといっても、そんなに深くつき合うわけじゃない——ゲイのヤツらは別だけど。念のためいっとくけど、ぼくはそんなんじゃないからね。悪名高い『ハルマーの自転車おき場の裏《うら》の密会《みっかい》』なんてデタラメだよ」

思わずテレ笑いした。マグダが、ハルマーの八年生に声をかけられたとき、十一年生の半分はそうだと聞かされたことがある。

「きみたちみたいに、いつもいっしょの友だちがいるのはうらやましいよ」

「ナディーンとマグダでしょ。そう、ふたりとも大親友なんだ」

「どっちのほうが好き？」

「ふたりとも」

「ケンカしたりしない？」

「まあ、たまにはもめるよ。去年ナディーンが超《チョー》サイテーの男に引っかかって、そのときはあんまりいっしょにいなかった。でも今はまたベッタリ」わたしはあいてる手で指をくっつけてみせた。

しっかりつないだほうの手は、あいかわらず汗《あせ》ばんでいる。公園までもう少しだ。あとほんの一、二分。そして一瞬《いっしゅん》だけブランコに乗って、ウチへ帰る。

「ナディーンには、今カレシがいるの？」

「いないわ」

「でももうひとりのほうはいるだろう？　赤い髪《かみ》の、よくしゃべるほう」

「ああ、マグダ？　ううん、あの子も決まった人はいない」

「エリー、じゃあ、きみは？」

わたしは少したためらってから、頭《かぶり》を横にふった。

ラッセルはうれしそうに笑った。「やった！　じゃあ今度デートしてくれる？」

「もう、してるような気がするけど」

「そうじゃなくて、たとえばピザを食べに行くとか、映画《えいが》に行くとか」

「いいよ」

「明日はどう？」

「いいけど」

「じゃあ七時に。フラワーフィールドの入り口で。ぼくの顔を忘《わす》れるといけないから、日印にスケッチブックを持っていくよ」

「OK。じゃあ帰るね。もうホントに遅《おそ》いもの」

「まだだいじょうぶだよ。遊んでるヤツが大勢《おおぜい》いるじゃないか」

たしかに何人か、ぐるぐるまわる遊具に乗って、ポテトチップやコーラを食べたり飲んだりしている。

「でも、ウチの門限《もんげん》はとっくに過《す》ぎてるから」

「だけど、まだブランコに乗ってないよ。行こう、エリー。ちょっとだけ！」

「じゃあ、究極の最短記録に挑戦《ちょうせん》よ。終わったらホントに帰るから」

「よし、誓《ちか》うよ。エリーのしゃべり方はサイコーだよ。ほかの子とは全然ちがう」

わたしたちは草むらをぬけて、ブランコのほうに歩いていった。ハイヒールじゃなくて助かった。ボロい赤のスニーカーは、靴底《くつぞこ》がすっかりすり切れて薄《うす》くなってるけど、足取りは雲をふむように軽やかだ。このわたしに、こんな夢《ゆめ》のような瞬間《しゅんかん》が訪《おとず》れるなんて……。

「きみはみんなとはちがう」といってくれる男の子と、手をつないで歩いているなんて……。この人《ヒト》、わたしのこと好きなんだ。ホントに、ホントに好きなんだ。

ブランコにたどり着くと、ここで過ごしたいろいろな思い出が浮《う》かんできた。おかあさんとの思い出。おかあさんのことを考えると今も胸《むね》が痛《いた》む。けっして忘《わす》れないし、いつも最初に思い出す人だ。おとうさんともブランコした。あんまり強く押《お》すから、一回転しちゃうんじゃないかと心配したっけ。おとうさんは、最近ではエッグとここへ来るけど、あの子ったら、一度ひどい落ち方をして、もう少しでスクランブルエッグになるところだった。夏休みには、この公園がマグダやナディーンとのたまり場になることもある。三人で、あきもせず、ファッションやメイクやヘアスタイルやアイドル歌手や、男の子のことを話し続けた。

そして今は、ひとりの男の子とここにいる。彼《かれ》がブランコをこぐ。わたしもこぐ。わたしは、高くこいだ。爪先《つまさき》が公園のまわりのポプラの影《かげ》を越《こ》えるくらい。頭をそらせて、スピードをあげる。少しクラクラしてきたから、スピードをゆるめてブランコから飛びおりた。目の前の風景がグルグルまわりはじめて、思わず足元がふらついた。

「おっと」ラッセルが腕《うで》をのばして支《ささ》えてくれた。「エリー、だいじょうぶ？」

そしてわたしが答えるより早く、キスをした。くちびるがかすかにふれ合うだけの軽いキス。そっと体をはなす。メガネの奥《おく》の視界《しかい》がぼやけ、わたしは何度もまばたいた。

「ああ、エリー……」ラッセルがささやいて、もう一度キスした。今度はゆっくりと。しっかりくちびるを重ね、やわらかく口を動かして。本物のキスだ。こんなふしぎな、特別な感覚は初めて。さっきよりもっとクラクラしてきて、わたしはラッセルにしがみついた。ラッセルもわたしをだき寄《よ》せる。

突然《とつぜん》冷たいものが髪《かみ》にかかった。雨？　肩《かた》にもなにかが……。雪？

笑い声がおこった。

あわててラッセルをつき放す。さっきのガキどもがまわりにたかって、コーラとポテトチップをふりかけていた。

「やーい、キスして、ラーブラブ！」ガキどもがはやし立てる。

「失《う》せろ、クソガキ」

ラッセルが追いはらってくれたけど、その髪にもポテトチップがリボンみたいについている。わたしはそっとポテトチップを取った。ふたりともテレ笑い。

「もっと静かなところはないかな？」ラッセルが手を取った。「あの木のほうに行こう」

「ダメ。もうホントに帰らなきゃ！」

「そんな……エリー、たのむよ」

「どう考えても、もうサヨナラの時間だわ」

「そのセリフ、〈アンディ・パンディ〉を思い出すよ。エリーも〈ママといっしょに〉とか見てた？　ぼく、子ども番組は結構《けっこう》好きなんだ」

「わたしも！　小さいころは〈セサミストリート〉がいちばんのお気に入りだった」

「ぼくもだよ。昔はよくサインペンでセサミのキャラクターを描《か》いたよ。幼稚園《ようちえん》ではみんなに、ビッグバードを描いてってせがまれた」

「いつかクッキーモンスターを描いてね。大好きなんだ」

「ゾーイ・ボールが司会をやってたころの〈アートアタック〉は見てた？　もうずいぶんまえだけど」

「もちろん。夢中《むちゅう》だった」

「ウチのクラスにゾーイ・ボール命《イノチ》のヤツがいるんだ。五ポンド出すから、自分がゾーイ・ボールの肩に腕《うで》をまわしてるところを描いてくれっていわれたよ」

「そのアイディアいただき。ウチのクラスは、レオナルド・ディカプリオに夢中なの。ポートレイトを大量生産して、荒稼《あらかせ》ぎしようっと」

「ぼく、レオナルド・ディカプリオに似《に》てるって、たまにいわれるよ。たぶん、髪型《かみがた》とか顔のつくりだと思うけど、どう?」

わたしは当たりさわりのないように、口をにごした。どうひいき目に見ても似てない。マグダとナディーンがいなくてよかった。こんなの聞かれたら、情《なさ》け容赦《ようしゃ》なく大笑いだ。ブランコのガキどもはすっかり遠くなり、ふたりは木立《こだち》の影《かげ》で立ちどまった。

「ああ、エリー……」まちがいなく次のキスのサインだ。今度は心の準備《じゅんび》ができていた。メガネがじゃまにならないように首をそっとかしげて。ラッセルのキスは本当にステキ。ダンともキスはしたけど、あんなの子どものお遊びだ。ラッセルとのキスは、本物の大人の世界で、もううっとり。

ところが事態《じたい》はもう一段《いちだん》リアルな大人の世界に近づいてきてしまった。ラッセルの手が肩《かた》から胸《むね》のほうにおりてこようとしている。

「ラッセル、やめて」

「なにもいわないで……」

ラッセルの手が何度もエッグのセーターをなぜる。温かくてやさしい手の感触《かんしょく》。大騒《おおさわ》ぎするほどのことじゃない。どうしようもなくおカタい子だと思われたくない。だったらこれくらいは許《ゆる》してもいい？

いけない！　ティッシュのこと忘《わす》れてた！　セーターがぴったりしすぎてたから、胸のラインが目立たないようにブラに詰《つ》めこんだんだ。アレが見つかったら恥《は》ずかしくて死んでしまう。

「ラッセル、お願い。やめて。もう帰らなきゃ」わたしはきっぱりとラッセルを押《お》しのけた。

「エリー！」

「本気よ。今いったい何時なの？」

ラッセルは時計を見た。「ダメだ。暗くて見えないよ」

「ちょっと、いいかげんにして！」

「わかった、わかった。まだ十一時を過《す》ぎたばかりだよ」

「エーッ？　ウソでしょう？」

「ホントだよ。十一時十分」

「信じられない、どうしよう……」

「ちょっと待てよ。あせらないで。まだそんなに遅《おそ》くないってば。エリー、そんなに急がないで！」

「走んなきゃ！」

「わかった。いっしょに行くよ。今度こそちゃんと送ってくから。エリーの家の人にも、ぼくの責任《せきにん》だってキチンと説明する」

「なんて説明するつもり？　公園を散歩して、キスして、時間を忘《わす》れたって？」

「まあ、そのようなことをさ……」

「そんなのウチの父親に通じると思ってんの？」

「エリーのおとうさんって、もしかしてガンコ親父《おやじ》タイプ？　だったら家までは行かないほうがいいかな」

「じゃ、やめれば！　とにかく早くペムブリッジパークに帰ったほうがいいよ。きっと、すごく時間がかかる。もうバスもないかもしれない」

「だったらタクシーに乗るからだいじょうぶだよ。それに帰るっていったのは冗談《じょうだん》だよ。きみがこんなにあせってるのに、ひとりで帰すわけないだろ。だからもうちょっとゆっくり歩いてくれよ。ランニングは苦手なんだ」

「わたしも！」どっちみち、これ以上早くは歩けない。心臓《しんぞう》がバクバクいって呼吸《いき》をするのもやっとだ。背中《せなか》を汗《あせ》が伝って落ちる。ああ神さま、まだデオドラントが効《き》いていますように。どうか、どうかお助けください。ラッセルに、汗クサいなんて思われたくない。

「そうか、エリーも体育系《けい》じゃないんだ。じゃあホッケーとかもパス？」

「もう大っきらい。いつも、マグダとナディーンの三人で、なんとかサボろうと必死なんだ」わたしは大きく息をつくと、「さて、また走らなきゃ。もう十五分過ぎ。いつのまにこんな時間になったんだろう」

「いっしょにいて、楽しかったからだよ。ところで、エリーのおとうさんはマジで怒《おこ》ってる？」

そんなのこっちがききたい！　帰りがここまで遅《おそ》くなったのは初めてだ。例のダンとも、まともなデートなんてしなかった――まあ、相手がダンじゃ、どんな父親だって心配しないと思うけど。あの子は、頭のてっぺんから爪先《つまさき》まで救いようもなくダサいヤツだった。そばに来るたび顔をまっ赤《か》にして。さっきみたいなキスでもしようもんなら、赤を通りこして赤紫《あかむらさき》になって、爆発《ばくはつ》まちがいなしだ。〈ガールズ アウト レイト〉で頭が吹《ふ》き飛ばされた女の子みたいにね。それにしても、こんなに遅くなってどうしよう？　おとうさんとアンナは、ものすごく心配してるにちがいない。本当のことを話したところで、よけいに心配させるだけだ。だったらちょっと作り話をしよう。帰りにナディーンちで、あの子の好きな〈ガールズ アウト レイト〉というホラー映画《えいが》を見せられた。あんまりこわくて身動きもできずに、つい時間を忘《わす》れたってことにしよう。これならまったくのウソじゃない。ナディーンのとこで〈ガールズ アウト レイト〉をちょっとだけ見たことがあるのはホントだ。おとうさんとアンナもきっとわかってくれる。怒りはするだろうけど。きっと『どうして電話しなかった？』っていわれる。そしたら、話し中だったことにしよう。それとも、ナディーンの家の電話が故障中《こしょうちゅう》だったとか――ナディーンのおとうさんの携帯《けいたい》もこわれてたなんてね。いっそのこと、ＵＦＯがナディーンちに着陸して、みんな緑色のエイリアンにつかまって、電話もこわされたってことにする？？？

もう少しでウチの通りだ。

「ラッセル、ここでいいわ」

「だけど、おとうさんにちゃんと説明しなきゃ」

「ダメ。ナディーンんちに行ってたことにするから。ラッセル、早く行って。あなたも家に帰らなきゃ」

「わかったよ。じゃあ、さよならのキスをもう一度だけ。ここまで遅くなったんだから、あと何秒か遅《おく》れたってどうってことないさ」

そういってラッセルはわたしの体に腕《うで》をまわした。もともと呼吸《いき》が切れてたうえに、この最後のキスがあんまりステキで、息をするのを忘《わす》れてしまった。ラッセルがようやくはなれたとき、思わず金魚みたいにあえいでしまった。

「ああ、エリー……！」ラッセルったら、また……。

「ゴメン、マジで帰らなきゃ！　ラッセル、またね！」わたしはくるりと方向転換《てんかん》すると、走りだした。走って走って走って、やっと家の前にたどり着いた。ああどうしよう、なんて言《い》い訳《わけ》しよう？　頭を使って。エリー、しっかりしなさい。ほら、深呼吸《しんこきゅう》して。なんともないかもしれないじゃない。もしかして、今日はふたりとも早く寝《ね》てるかもしれない。ホントはそんなことありえないのはわかってる。一階の電気が煌々《こうこう》とついてるもの。

ドアの鍵《かぎ》をまわす。鍵をぬく間もなく、おとうさんがものすごい勢《いきお》いでドアをあけた。おとうさんの目が光ってる。

「エリー！　こんな時間まで、いったいどこでなにしてたんだ？」

「エリーったら、どんなに心配したか」アンナがおとうさんを押《お》しのけて、わたしをキツくだきしめた。だけど次の瞬間《しゅんかん》、アンナもわたしをつき放して、おとうさんと同じくらいこわい声でいった。「どうして電話しなかったの？　フラワーフィールドは九時閉店《へいてん》のはずよ」

「ゴメンゴメン……。買い物のあとで、マクドナルドに寄《よ》ったんだ。マグダとナディーンと三人で」

「それで？」と、おとうさん。

「それから、ずいぶんおしゃべりしちゃって。わかるでしょ？」

「いや、おまえのことは、もうさっぱりわからなくなったよ、エリー。こんなことをしでかすなんて、思ってもみなかった。おとうさんたちがどんなに心配したかも、わかってやしない」

「だから、悪かったっていってるじゃない。ねえ、今日はすごく疲《つか》れたから、もう寝ようよ」

「いやダメだ。今はっきりさせとく」

「エリーのいうとおりよ。とりあえず今日はもう寝て、明日の朝話し合ってもいいんじゃない？」アンナもいってくれた。

「なにいってる。さっきまで泣いてたのはだれだ！」

アンナの目がまっ赤《か》だ。

「なんで泣くの？　怒《おこ》るのはわかる。だけど、泣かれる覚えなんてないよ」

「十三歳《さい》の娘《むすめ》が、約束の時間を二時間過《す》ぎても帰らない。しかも、どこにいるかもわからなかったんだぞ。いいかげんにしろ！」おとうさんはそういって、キッチンに行った。やかんを火にかけて、コーヒーカップをガチャンと乱暴《らんぼう》におく。ホントは、わたしをぶっとばしたい気分にちがいない。

「なにもそこまで怒らなくてもいいじゃない。いいたいことはわかったよ。帰りが遅《おそ》すぎたのは認《みと》める。だけど法律違反《ほうりついはん》したわけじゃあるまいし。自分だって、しょっちゅう夜中に帰るくせに」

「ムダ口はやめなさい。とにかく、今晩《こんばん》どこでなにをしてたか話してみろ」

「さっきいったとおりだよ。フラワーフィールドに行って、それからマクドナルドでしょ。

それをまるで、ひと晩《ばん》じゅうあやしいパーティで、クスリでもやってたみたいにいうんだから。いいかげんにしてよ！」

「マクドナルドのあとはどうした？」

「ずっとそこにいた」

「だれと？」

「おとうさん、なにいってるの！　マグダとナディーンとわたしの三人だよ」

「で、そのあとは？」

「マグダは家に帰って、わたしとナディーンでバスに乗ったよ。ちょっと用事があったから
ナディーンちに行って……。ナディーンが〈ガールズ アウト レイト〉っていうホラービデオをつけて、それを見てたら遅くなっちゃった。わたしがホラーきらいなの知ってるでしょ、でもなんとなく見ちゃって……マジで気持ち悪くてさ……」

おとうさんとアンナは、ひと言もいわないで聞いている。わたしは映画《えいが》の話をでっちあげて、必死でまくしたてた。ピーッとやかんの音がして、お湯が沸《わ》いた。おとうさんの耳

からも怒《いか》りの湯気がふき出しそう。コーヒーを入れるときも、あんまり乱暴《らんぼう》にまぜるから
そこらじゅうがビチャビチャだ。

「それじゃ、ナディーンのとこにいたっていうんだな？」

「そうだけど」

「まあ、エリー……」

心臓《しんぞう》がドキドキいってる。たぶん、なにか取り返しのつかないまちがいをしでかしたに
ちがいない。

「じゃあ、そのあとはどうした？」またおとうさんがきいた。

「ウチに帰ったよ」

「ひとりでか？」

「だって、すぐ近くじゃない」

「夜ひとりで出歩くのは、禁止《きんし》のはずだぞ」

「わかってたけど、べつにいいやと思って。ナディーンちなら近いから。ホントは電話す

ればよかったね」

いけない！　そうだった。アンナに、ナディーンちから電話するって約束したんだ。アンナは悲しそうに首を横にふった。

「ずっと電話を待ってたのよ。あんまり遅《おそ》いからナディーンのお宅《たく》にかけてみたの……。おかあさんが出て、ナディーンはもどったけど、エリーはいっしょじゃないって……」

わたしは息をのんだ。「ナディーンはなんて？」

おとうさんがアンナに代わった。「あの子からも、バカげた作り話や見えすいたウソをさんざん聞かされたよ。エリーがどこにいるのか、どうしても知る必要があるのに、なかなかわかってもらえなくてね」

「じゃあ、おとうさんはナディーンも責《せ》めたっていうの？」

今度はアンナが続けた。「ねえエリー、今の世の中じゃ、十三歳《さい》の女の子を夜ひとりで出歩かせるなんてありえないのよ——心配でどうにかなってしまうわ。それだけはわかってほしいの」

「ナディーンも最後にはわかってくれて、マクドナルドでひっかけた男と、どこかへ消えたって教えてくれたよ」

「ひっかけただなんて！　向こうが話しかけてきたんだよ」わたしは腹《はら》を立てた。

「どこのだれともわからんヤツだろう！　そんなのとふたりきりになるなんて、どうかしてるぞ！」

「その人は、ちゃんとしたハルマー高生《ハイ》だよ」

「そりゃ最低だ。バカな女の子をナンパするので有名な学校だ」おとうさんの怒《いか》りが爆発《ばくはつ》した。

「やめてよ！　なんでそんなひどいことというの？　ラッセルはそんな人じゃない。美術《びじゅつ》が好きで、マクドナルドでスケッチしてたの。たまたまわたしもスケッチしてて……それがきっかけで友だちになった。ナディーンとバスで帰るときもいっしょで、バスをおりてからは少しだけ散歩して、いろんな話をした――それだけだよ」

「それだけだと？　顔じゅう口紅《くちべに》だらけにして、よくもそんなことがいえたもんだ。なにをしてたか、聞かなくても見え見えだ！」

「悪いことなんかなんにもしてない！　やめてよ！　なんの権利《けんり》があって、なにもかも台無しにするの？」

「エリー、聞いて。そういうつもりでいってるわけじゃないのよ。ただね、心配で心配で、どうしようもなかったの。おとうさんはたしかに少しいいすぎだと思うし、わたしも過剰《かじょう》反応《はんのう》してると思うわ。こんなこと初めてだったから、冷静になれば大したことないことでも、少し感情的《かんじょうてき》になっちゃうのね」アンナはコーヒーをすすって、落ち着いたそぶりで微《ほほ》笑《え》もうとした。「そのラッセルって、よさそうな子じゃない。また会うつもりなの？」

「うん、明日会う約束なんだ」

「ダメだ。許《ゆる》すわけにはいかないね」おとうさんがいった。

「おとうさん！　どうしたのよ？　話のわかる父親じゃなかったの？　男の子とつき合うくらい、どうってことないじゃない」

「おとうさんのいってるのは、そういうことじゃない。ウソをついたことを怒《おこ》ってるんだ」

「ゴメンなさい。つい口からでまかせをいっちゃって――」

「それがこわいんだ。あんなにもっともらしく、デタラメをいうなんて。もう、エリーのことを信じられないよ。それに、たまたま会った男に、ホイホイついていくのも感心できない。暗いところでそんなヤツに体をさわらせるなんて、もってのほかだ」

「やめて！　おとうさんにそんなことという資格《しかく》ない。今までさんざんいろんな女《ひと》と出歩いたくせに。おかあさんが死んだあとのこと、よーく覚えてる。アンナと結婚《けっこん》してからだって、あやしいもんじゃない！」

「おまえ、自分がなにをいってるかわかってるのか？」

「わかってるからいってんのよ。おとうさんなんか大きらい。大人はズルいよ。子どもにばっかりうるさいこといってさ！　おとうさんになんか、とやかくいわれたくない！」

「おやめなさい、エリー！」アンナがこわい声を出した。

「なんでよ。あんたのいうことなんか、聞く必要ないもの。おかあさんでもないくせに！」

わたしはおとうさんとアンナを押《お》しのけると、二階にかけあがった。パジャマ姿《すがた》のエッグが踊《おど》り場《ば》に立っていた。

「知らないぞエリー、怒《おこ》られるから」小声でいう。

「あんたは黙《だま》ってなさい！」とどなり返して、部屋に入るとバタンとドアをしめた。

わたしはそのままベッドに倒《たお》れこんだ。涙《なみだ》がどっとあふれる。みんな大きらい！　せっかくの魔《ま》法《ほう》のような思い出を、どうしてよってたかってメチャクチャにするの？

3 Rhyme Time

夢のひととき

次の日の朝ごはんは最悪だった。おとうさんとわたしは、ひと言も口をきかない。アンナはわたしたちの分もよけいに話しかけて、いつもと変わらないようにふるまっている。ひとりエッグは、この状態《じょうたい》を喜んでいる。興味津々《きょうみしんしん》で、さいげんなく「エリーのカレシ」について、バカバカしい質問《しつもん》をしてくる。

「べつにカレシじゃないの。昨日《きのう》たまたま会った十一年生の子で、美術《びじゅつ》の話に夢中《むちゅう》になっただけ」

「そのあと公園でも、ごゆっくり過《す》ごしたというわけだ」おとうさんが沈黙《ちんもく》をやぶった。

「いいかげんにして！」アンナが涙《なみだ》ぐんだ。「エリーにそんな言い方するなんて」

「どんな言い方だろうが、他人に指図されるつもりはないね」おとうさんはお皿を押《お》しのけて立ちあがった。「エリーはまだ子どもだ。親のいいつけを守るのが当然だろう。夜中に出歩くなんてもってのほかだ」

「いっとくけど、十一時二十分には家にいたよ。同級生じゃ、十二時過《す》ぎまで遊んでる子もめずらしくないんだから」

「ほかの子はどうでもいい。もっともゆうべ、ナディーンのご両親はひどくおどろいていたがね。当然ナディーンは、おまえのようなことはしないってことだ」

ひどい！　そんなの、あの人たちが、気がついてないだけじゃない！　九年生になりたてのころ、ナディーンはリアムっていう質《たち》の悪いのに夢中だった。あのころのナディーンときたら、そいつと会うためならなんでもした。黙《だま》って家をぬけ出したり、わたしやマグダんちに行くとウソをついたり。だけどそんなこと絶対《ぜったい》にいえない。告げ口なんて。しかたなく大きなため息をつくと、テーブルの上を指でトントンたたいて、さも退屈《たいくつ》だというふりをした。

おとうさんは完全にキレて、マジでどなりはじめた。さすがのエッグも、もうおもしろがっていない。背中《せなか》をまるめて指をしゃぶりはじめた。わたしもこわくなってきた。おとうさんは本気で怒《おこ》ってる。だけどどうして？　なんで、ここまでひどいこといわれなくちゃならないの？　無視《むし》して、なにをいっても聞こえないふりをしようとした。だけどやっぱり、のどはカラカラに渇《かわ》き、メガネの奥《おく》で視界《しかい》がかすんでしまう。

「ねえ、お願いだからもうおしまいにして」アンナが見かねて立ちあがった。「エッグまでこわがってるわ。みんな震《ふる》えあがってる。それにもう――お仕事の時間でしょ。今晩《こんばん》またゆっくり話をしましょう。とにかく、少し気持ちを落ち着けないと」

「今日は遅《おそ》くなる。教授会《きょうじゅかい》だから。晩飯《ばんめし》はサンドイッチですませて、直接会議《ちょくせつ》に出るよ。帰りは十時ごろになると思う」おとうさんがいった。

わたしも今日は出かける。ラッセルに会いに。

おとうさんがこっちをにらみつけた。意地悪そうに目を細めて、まるで頭蓋骨《ずがいこつ》を透視《とうし》して、考えてることを読みとってるみたい。

「出かけるのは許《ゆる》さないといったはずだ。わかってるだろうな？　完全に謹慎《きんしん》だからな」

「ウソでしょう！　そんな古くさい言葉、意味わかんない。パブリックスクールでは〈謹《キン》慎《シン》〉とか、あるんでしょうけど」

　わたしはおとうさんを牽制《けんせい》するため、最大の弱点を攻撃《こうげき》する頭脳戦略《ずのうせんりゃく》に出た。おとうさんはいつも、自分は理解《りかい》があって、進歩的で、反体制的《はんたいせいてき》な人間だといっている。ところが、おとうさんの両親、つまりおじいちゃんとおばあちゃんは、超《チョー》保守的で、頭のカタい人たちだ。そういう家庭環境《かんきょう》で選択《せんたく》の余地《よち》もなく、上流階級のご子息が通うパブリックスクールで寄宿舎《きしゅくしゃ》生活を送ったことは、おとうさんにとって人生の汚点《おてん》だった。しかも、ふだんどんなにけなしてはいても、ちょっと油断《ゆだん》すると、一種独特《どくとく》のパ、ブ、リッ、ク、ス、ク、ー、ル、用語がポロポロと出てきてしまう。

「キンシンという言葉は時代遅《おく》れかもしれない。だけど、その意味はじゅうぶんわかるはずだ」

「外に出ちゃいけないってことでしょ？」

「そのとおりだ」

「どこへも？」

「どこへもだ」

「やった！　だったら学校にも行けないってことだよね？　さてと、ベッドにもどってもう一度ゆっくり寝《ね》ようっと」

「そういう六歳並《さいな》みの幼稚《ようち》なことをしておいて、その一方で、もうじゅうぶん大人だから夜中にだれといようが関係ない、なんていうつもりか！」捨《す》て台詞《ぜりふ》とともに、おとうさんはキッチンから出ていった。

おとうさんたら、「行ってきます」もいわない。わたしだけじゃなく、アンナやエッグにまで。足音を鳴り響《ひび》かせて、すっかりビクトリア朝の厳格《げんかく》な管理主義《しゅぎ》の父親になりきっちゃってる。まるでウィムポールストリートのバレット氏と、娘《むすめ》の詩人のエリザベスみたい。ただし、エリザベスのもたれてたのはソファだけど、わたしが座《すわ》ってるのはかたいキッチンスツールだ。そしてエリザベスは、ロマンチックな詩人のブラウニング氏とかけ落ちするんだけど、ラッセルとわたしはまだそれほどの仲じゃない。ラッセルが詩を書くかどうかも知らないし。そういえば名字さえ聞いてない。だけどそんなのは、あとできけばいいことだ。命にかけても、今夜はラッセルに会いに行く。おとうさんに知れたら、本当に命がないかも。

アンナにも話さないでおこう。もしかしたら大学に電話して、おとうさんにいいつけるかもしれない。たぶんアンナも、すごく怒《おこ》ってる。

「エリー、おとうさんのいったこと、あんまり気にしないでね」心配そうにアンナがいった。

「気になんかしてないよ、だいじょうぶ！」

「そういう意味じゃないの！　あのね、エリー――ええと、その――ああ、もう！　なんでこんなことになってしまったのかしら。わたしにはどっちの言い分もよくわかるの。たしかにおとうさんは過剰反応《かじょうはんのう》してると思う……だけど、あなたもずいぶんひどいことをいったのよ」

口をひらこうとすると、アンナは首を横にふった。

「なにもいわないで。もうじゅうぶんしゃべったでしょ」

突然《とつぜん》おとうさんが気の毒になってきた。ゆうべ、勢《いきお》いにまかせて女遊びのことをいったのは、たしかにまずかった。まえも、おとうさんが美術《びじゅつ》大学の教え子とあやしいといって、アンナがものすごく悩《なや》んでた。アンナ自身が、学生のときおとうさんと知り合ったわけだから、心配するのも無理ない。今だって帰りが遅《おそ》いのはしょっちゅうだ。もちろん、いつもちゃんとした理由がある。今晩《こんばん》のナントカ会議みたいに。もしわたしがアンナだったら、なにがなんでも、はっきりさせなきゃ気がすまないと思う。けど、アンナはなにも問題ないようにふるまっている。おとうさんに、きちんと抗議《こうぎ》しようとしない。わたしだって、いつもはいちいち反抗《はんこう》したりしない。だけど今回はちがう。おとうさんのおどしなんかに負けるもんか！

「アンナ、ゴメンなさい。ゆうべは悪いことといったと思ってる。傷《きず》つけるつもりはなかったの。ただおとうさんのことが、どうしてもガマンできなくて……。なんの権利《けんり》があって、あんなふうに、アレをするな、コレをするなって決めつけるわけ？」

「だってあなた、おとうさんの娘《むすめ》じゃないの」

「だからって思いどおりにできるわけじゃないよ！　アンナはなにもかもおとうさんのいうとおりで満足かもしれないけど、わたしはちがうからね！」

スーパーガール化したわたしは、いきごんで席を立ち、バッグを手に取った。

「朝ごはん、まだ途中《とちゅう》よ」

わたしはトーストをひったくり、急いでるから途中で食べる、といい捨《す》ててかけだした。べつに、早く学校に行きたいわけじゃない。早くマグダとナディーンに会って、ゆうべのことを一から十まで報告《ほうこく》したいだけだ。

ところがいざ学校に着いてみると、もう始業のベルはなり終わり、担任《たんにん》のヘンダーソン先生が待ちかまえていた。マグダとナディーンをつかまえて話そうとするのを、目ざとく見つけられて、くだらない噂話《うわさばなし》はやめて、さっさと体育館へ行け、といわれてしまった。

ヘンダーソンは体育の教師《きょうし》だ。担任が体育教師なんてサイアク。わたしにとっては、大の苦手科目だ。ホッケーだろうが、バスケだろうが、陸上だろうが、ソフトボールだろうが変わりない。運動なんて、ただ暑くて汗《あせ》クサいだけ。みんなにどなられて、ミジメな思いをするのが関の山だ。ナディーンも体育はダメなほうだ。マグダも、たいていはわたしたちにつきあってサボってる——だけど、その気になればすごく速く走れるし、球技《きゅうぎ》も得意だ。

三人で更衣室《こういしつ》の隅《すみ》にかたまって、もう一度話しはじめようとすると、またヘンダーソンにかぎつけられた。いいかげんおしゃべりをやめて、今すぐ着がえて更衣室から出ないと、どんなことになるかわかってるでしょうね、ときびしく申しわたされた。

「ヘンダーソン先生、今日は生理がひどいんです。おなかが痛《いた》くてたまらないので、見学させてもらえませんか？」

「じつはわたしもなんです、ヘンダーソン先生。今日はとくに重くて」ナディーンもいった。

「先生、あの……わたしもです」仲間ハズレになるまいとマグダがいった。

ヘンダーソンは腰《こし》に手を当てて眉《まゆ》をピクリと動かした。「ということは、あなたたち三人とも生理だということ？」

「ごく近い環境《かんきょう》にある複数《ふくすう》の女性《じょせい》が、まったく同時期に生理になるって、信じがたいようで、意外とよくある現象《げんしょう》ですよね？」これは本当。たしかどこかで読んだことがある。もちろん、わたしたちのはウソだけど。もし、ホントにホントだったら、ちょっと不気味だと思う。ほかのことも、全部が全部、完全にいっしょだったらどうしよう。三人ともきっかり同じ時間に起き出して、トイレにかけこむときも同時だなんて。

ヘンダーソンは容赦《ようしゃ》なかった。「そう。そしてまた、なまくらな学生が体育の授業《じゅぎょう》をサボろうと、信じがたいような言《い》い訳《わけ》をでっちあげるというのも、とてもよくある現象です。あなたたちがたとえ妊娠《にんしん》していようが、なんの言い訳にもなりませんよ。さっさと運動場に出て、体を動かしなさい！」

今日の体育は、特別きびしいスペシャルメニューで、おしゃべりする時間なんか全然ない。たまにマグダのほうによろめいたり、ナディーンの隣《となり》に倒《たお》れこむことはあっても、金魚のように口をパクパクさせるだけで、話すのはとても無理。

結局、終わりのベルが鳴る瞬間《しゅんかん》まで、とんだりはねたりさせられた。そうなると、たった五分の休み時間に、ロッカールームにかけこんで、死に物ぐるいでシャワーをあびて、制服《せいふく》に着がえなきゃならない。しかも次は、二時間連続でマドレー先生の国語の授業《じゅぎょう》。いかにもおなかが痛《いた》くなりそう。国語は二番目に好きな科目だけど――一番はもちろん美《び》術《じゅつ》――、マドレー先生もとびきりきびしくて、とくに遅刻《ちこく》にうるさい。あわれなわたしたち……。

先生は、全部わたしたちの責任《せきにん》といわんばかりの剣幕《けんまく》で責《せ》め立てた。終わりのベルが鳴ったときはまだグラウンドを走っていた、とマグダが説明したけど、聞く耳持たない。先生が、唯一《ゆいいつ》関心があるのは、授業に遅《おく》れたという事実だけで、どんな言《い》い訳《わけ》も通用しない。先生はたっぷり十分はお説教した。どれほど多くの課題があって、遅れるとどんなに時間のムダか、と。説教している時間こそムダだと思うけど。やっとはじまった今日の授業は、「詩」だ。物語は好きだけど、詩はつかみどころがなくて苦手だ。しかもさらに悪いことに、今日の課題は自然についての詩――わたしはもともと、自然大好き派《は》ではない。はっきりいってキライだ。おでこに「都会っ子」ってタトゥをつけてもいいくらい。わが家はジメジメしたウェールズに、今にも朽《く》ち果てそうな山小屋を持っている。休みのたびにそこで過《す》ごす一時間一時間は、一週間に感じられるくらいに長くて苦痛《くつう》だ。

みんながうめいたので、マドレー先生はまたまたおかんむりだ。参考に、自然を詠《うた》ったロマン派の詩を何篇《なんぺん》か読んでくれた。ロマンという言葉で一瞬《いっしゅん》やる気が出たけどロマンスとはほど遠い。こういうロマン派の詩人たちは、いったいどんなロマンチックな風景の中を歩いたかしらないけど。わたしなんか、いくらウェールズで、バラの花や甘《あま》い香《かお》りのフルーツをながめても、感動で立ちすくんだりした試《ため》しがない。だいたいはそんなものはない。なんかの腐《くさ》ったにおいや、泥《どろ》があふれているだけだ。

マドレー先生は次に現代詩《げんだいし》を読んだ。シルビア・プラスの「ブラックベリーつみ」。わたしは背筋《せすじ》をのばして集中した。風変わりだけど、歯切れがよくて気に入った。だけど次の詩は、しょっぱなから、**幾《いく》つもの地平線が　薪《たきぎ》のように私に輪をかける**――とはじまったから、みんなドッとふき出した。先生は、これで完全にキレた。そして、あなたたちは本当にどうしようもない、それなら今すぐ自分で書いてみなさいと申しわたした。最低十二行。テーマは自然。できなければ、いのこりと宿題が二倍《ダブル》。
わたしは必死に努力した。一生懸命《けんめい》ウェールズのことを考えて……。泥《どろ》、泥、泥、ウンザリするほど泥だらけ……。なつかしい〈カバの歌〉を思い出す。

泥のお池で　さあたいへん
ドシンとたおれて　泥だらけ

ダメだ、自然への情熱《じょうねつ》が感じられない。とても、先生のお気に召《め》すとは思えない。
もう一度トライしてみよう。

山頂《いただき》で

渓谷《たに》を見晴らし
思いいる
いつになったら
帰れるの？

まわりを見わたすと……、どうしよう！　みんな、もう真剣《しんけん》に書きはじめてる。ナディーンはしかめっ面《つら》をしてみせ、マグダも舌《した》をつき出した。だけどふたりとも、目は真剣だ。すっかり詩の世界に集中してる。みんながちゃんとやるなら、わたしひとりバカなことを書くわけにはいかない。だけど、田舎《いなか》の自然を讃《たた》えるのはかなりむずかしい。待てよ。都会にも自然がないわけじゃない。住んでるところの自然についても、書けるんじゃないかな。窓《まど》から外を見わたすと、暗く垂《た》れこめた曇《くも》り空の下、道路ぞいの生《い》け垣《がき》がミジメに刈《か》りこまれている。花壇《かだん》は、ポスターカラーの原色そのままで、壁紙《かべがみ》の模様《もよう》のような単調なくり返しだ。街路樹《がいろじゅ》も寒々しく刈《か》りこまれて、風が吹《ふ》いてもそよぎもしない。郊外住宅地《こうがいじゅうたくち》の自然は、とても美しいとはいえない。

だったら夜の風景はどうだろう。夜の公園。ポプラの梢《こずえ》から、月がわたしとラッセルを見おろしている。これだ！

わたしは夢中《むちゅう》で書きはじめた。授業中《じゅぎょうちゅう》だということも、マドレー先生のご機嫌《きげん》が悪いことも、体育のあとであんまり急いだから、タイツが斜《なな》めになってることも、髪《かみ》の毛が、いつもにましてモジャモジャで、爆発《ばくはつ》したみたいに見えることも、すべて頭から消え去った。もはや、心ここにあらず。ラッセルと過《す》ごした公園に飛んでいた。そして手は、意志《いし》があるかのように、ひたすらノートに言葉をつらねた。

「時間です」マドレー先生が声をかけた。「大変よろしい。みなさんまじめに取り組めましたね。どんなすばらしい作品ができたか楽しみです。それではどなたから読んでいただこうかしら？」

ヤバイ！　ひとりひとりに読ませるつもりだ……。ドキドキしてきた。最初に当てられたのはジェス。花についての短い詩が、きれいにまとめてある。単純《たんじゅん》だけど無難《ぶなん》な仕上がりだ。次はステイシーだ。唾《つば》を飛ばす勢《いきお》いで、海と野生の白馬と、砕《くだ》け散る波の泡《あわ》についての詩を読みあげた。イヤになるくらいウソくさくて、しかもシリトリみたいにしつこく韻《いん》をふんでるけど、先生はこれもすばらしい、といった。次に当たったのは、マディだった。気の毒に、ひどい恥《は》ずかしがり屋で、当てられた瞬間《しゅんかん》まっ赤《か》になった。「どうしよう、全然ダメなのに」とつぶやいてから、ささやくように読みあげたけど、ろくに聞こえない。水車や畑や収穫《しゅうかく》について書いてたみたい。先生も感心したようには見えなかったけど、いちおう「とてもいいですね」といった。次はナディーンだ。

「夜についてです」

嵐《あらし》の夜をあやしく表現《ひょうげん》した、いい詩だった。コウモリが飛びかい、ネコがしのび足で歩み寄り、夜《よ》、木々の梢が窓《まど》を打ち、稲妻《いなずま》の光が地獄《じごく》の槍《やり》のようにあたりをつらぬき、悪魔《あくま》が乗り移ったかのように雷鳴《らいめい》が轟《とどろ》きわたる。

「ナディーンずいぶんがんばったわね。よくできていますよ。じゃあ、次はエリー……」

どうしよう。必死に読み返して、ダメ、こんなのとても読めないと思った。

「どうかしましたか？」

「えーっと……わたしのも夜についてで……ナディーンのとほとんど同じです。くり返しになっちゃうんで、今度は昼についての詩のほうがいいと思うんですけど」

「あなたがたの作品が似《に》たりよったりなのには、慣《な》れっこです。さっさとお読みなさい」

夜の公園
月は青く光り
ポプラの上に
影《かげ》は細く色濃《こ》く
軽《かろ》やかに舞《ま》い
闇《やみ》を縁取《ふちど》る

わたしは言葉を止めて息をのんだ。顔が赤い。

「続けなさい。エリー、とてもいいですよ」

「これで終わりです、先生。全部読みました」

「そんなことないでしょう。もう一節書いてあるじゃないですか。それに最低十二行の約束でしょう」

わたしは深呼吸《しんこきゅう》した。

夜にいだかれ
汝《なんじ》が白き面《かお》
我《わ》が上にあり
影は細く色濃く
からまりあいて
闇《やみ》に落ちゆく

みんなは一瞬《いっしゅん》息をのんで、ドッと爆笑《ばくしょう》した。マドレー先生はわたしを見つめて、深いため息をついた。

「みなさん、お静かに。これはどういうことです？　エレノア・アラード、今日の課題をいってごらんなさい」

「詩を一篇《ぺん》です」

「主題は？」

「自然です」

「ポルノもどきのものを書けといいました？」

「いいえ、先生」

「エリー、あなたの詩の才能《さいのう》と貴重《きちょう》な授業《じゅぎょう》時間をそんなくだらないことに使うなんて、本当にバカげています。あなたにはみんなの倍、宿題をやってもらいますからね。自然詩についてのレポートと、詩をもう一篇。月曜日にまた発表してもらいます。もしまたふざけた内容《ないよう》のものなら、何度でも同じことをやり直させます。わかりましたか？」

わかりましたよ。だけどなんでこうなるの？　ひどいよ。失礼なこと書くつもりなんてなかった。ただラッセルとのことを思い出して、ちょっと脱線《だっせん》しただけなのに。それに、自然の営《いとな》みには人間の営みだって含《ふく》まれるはず。わたしなりにちゃんと考えたのに――まったく頭がカタいんだから！

ナディーンとマグダがなにかジェスチャーしてるのに気がついたけど、これ以上先生を怒《おこ》らせたら大変だから、無視《むし》することにした。先生たち、みんな今日はどうかしちゃったの？　学校なんか大きらい。わたしは授業のことは忘《わす》れて、想像《そうぞう》の世界にひたることにした。自分専用《せんよう》の小さなアトリエで、一日じゅう好きな絵を描《か》いていられる大人になった自分――それとも、もう少し大きいアトリエで、デスクがふたつ？　ひとつはわたしので、もうひとつはラッセルの……。

自分でもバカげてるとは思う。昨日《きのう》会ったばかりで、もういっしょに住むことを考えるなんて。ラッセルと過《す》ごす一日はどんなだろう――そして、いっしょに過ごす夜は……。

わたしはベルの音に飛びあがった。ちょうどラッセルの腕《うで》の中にいたのに……。廊下《ろうか》に出たとたん、マグダとナディーンが飛びついてきた。

「エリー！　ラッセルとなにがあったの？」

「なーにあの詩！　すごくリアル！　あんなのよくみんなの前で読めるわね」

「読みたくて読んだわけじゃない。先生に無理やり読まされたんじゃない」

「あんなの国語のノートに書くなんて、どうかしてるよ」

「そりゃそうだけど、言葉が勝手に出てきちゃって」

「なにそれ！」マグダはこういうと、ナディーンとふたりで思いきり笑いこけている。

「それで、ホントに最後までいったの？」

「信じられない。まだ会ったばっかりなのに」

「そうよ、リアムのことではうるさく説教したくせに」

「ちゃんと気をつけたんでしょうね、エリー？」

「で、どうだった？」

「最初から最後までちゃんと話して」

この人たちいったいどうしたんだろう？　わたしはふたりを見つめ返した。

「わかった、わかった。たしかにキスはしたよ。一回だけ。っていうか、まあ、何回か、ね」

「それで？」

「それでおしまい」

「だってあんたの詩では、最後までいったように書いてあったじゃない」

「そんなこと書いてないよ」

「書いてあったってば。絶対《ぜったい》。見せてみな」

マグダはわたしのノートをひったくった。しばらくわたしの詩をブツブツ読み返して、最後の二行を読みあげた。ふたりはまたおなかをかかえて笑いころげた。

「なによ？」

「ほら、この、**からまりあいて　落ちゆく**、ってとこ」

「ちょっとヘンかな」

「そりゃそうだよ」

「定型詩にまとめようとしたらそれしか思いつかなくて。マドレーって、そういうのが結《けっ》構《こう》好きじゃない？」

「ちょっとナディーン、聞いた？」マグダが大きくため息をついて、意味ありげに目配せをした。

「まったく、エリーったら！　じゃあこの、**からまる**と**落ちゆく**っていうのは……？」

「だから、ポプラの影《かげ》が絡《から》まって、月が沈《しず》んでいくことだけど。ほかにどんな意味があるの？」

「あんたとラッセルのふたりが**からまりあって落ちてゆく**みたいだよ」

「ウソ！　そんなつもりないのに。みんなは、そんなふうに思わなかったよね？」

「ひとり残らず、そっちの意味だと思ったよ。もちろんマドレーもね」

「それで、あんなに宿題を出されたんだ……」

「それじゃ、ホントはなにもなかったの？」ナディーンったら、なんだかがっかりしてるみたいだ。「エリーのおとうさんの騒《さわ》ぎ方《かた》からして、かけ落ちでもしたかと思ったのに」

「ゴメンね。ウチのおとうさん、しつこくて、迷惑《めいわく》かけたでしょう?」

「そんなのなんともないわ。おとうさんを納得《なっとく》させるような言《い》い訳《わけ》を思いつけばよかったんだけど、全然浮《う》かばなくて」

「自分でも考えつかなかった。あの人、まだ、すごく怒《おこ》ってんの。もうどこへも出かけるなっていうんだ」

「ずっと?」

「当分ってことじゃないかな。だけど、そんなの無視《むし》だから。今日もラッセルに会う約束なんだ」

「ホントに!?　すごい、気合入ってるね」

「おとうさんに黙《だま》って出かける気なの?」

「まあね。じつは今晩《こんばん》、仕事でいないんだ。だから簡単《かんたん》」

「でもアンナがいるでしょ?」

「アンナはなんにもいわないよ」軽くいいながら、そうでありますように、と祈《いの》った。

「いいな、エリーは。ウチの母親なんか話にならないわ」とナディーンがいった。

「じゃあ、本気でラッセルとつき合うつもりなんだ……」マグダがいう。

　わたしたちは食堂に落ち着いて、ピザを食べていた。マグダはとけたチーズの糸を舌《した》ですくっている。ピンク色のカワイイ舌の先がツンととがってる。マグダの言葉にも少しトゲが感じられた。

「まあね……」わたしは肩《かた》をすくめた。ふたりはラッセルのことをどう思ってるんだろう。あんなの、ただのダサい金持ちのぼんぼんなんて思われてるなら、舞《ま》いあがってるのを悟《さと》られたくない。だけどもし、ふたりともなかなかイイと思ってるなら、わたしは結構《けっこう》その気だし、ラッセルもすごく積極的だって見せつけたい。そして、それは事実だ——よね？

　自分ではどう？　ホントのところはわからない。ここでさえない制服《せいふく》を着て、いつものようにピザなんか食べていると、昨日《きのう》のことは全部作り話だと思えてしまう。マグダとナディーンがいなければ、ラッセルが現実《げんじつ》に存在《そんざい》する証拠《しょうこ》もないようなものだ。

ラッセルの顔も、はっきりとは思い出せない。髪《かみ》は長めで、瞳《ひとみ》は茶色。思い出せるのはそれくらいだ。声も、あまり自信はない。すごく気取ってた？　それともわりとフツー？

ひとつだけはっきり覚えていることがある。わたしのくちびるに重ねられた、ラッセルのくちびるの感触《かんしょく》だ。

「エリー！　なに赤くなってんの」

「赤くなんてないよ」バカみたいに否定《ひてい》しても、自分でも顔がまっ赤《か》なのがわかる。

「キスしかしてないっていうのは、やっぱりウソなんじゃない？」

「そんなことないってば！」

「キスは上手《じょうず》だった？」マグダがたずねた。

「うん！」

「えーっと――その返事だけは説得力があるね。じゃあダンよりウマいってこと？」

「ダンとくらべれば、エッグのほうがマシだよ」

どっちみち、ダンとわたしは本気でつき合ってたわけじゃない。じゃあラッセルとは？　カレシと思っていいのかな？　とにかくこれだけはたしかだ。なにがなんでも今日は会いに行かなきゃ。たとえアンナが反対しても。

もちろん、コトはそう簡単《かんたん》には運ばない。学校から帰ると、アンナがおやつを用意しておいてくれた。おいしそうなフルーツブレッドと、チーズとプラムの盛《も》り合《あ》わせ。食べながら、アンナはエッグの新しいカノジョのことを話してくれた。三年生だって――年上の女《ひと》じゃない！　エッグは信じられない量のプラムをバクバク食べながら、マンディというその子の名前が出るたびに、うれしそうな顔をする。

「上級生にちょっかい出すなんて、結構《けっこう》やるわね」わたしがいうと、エッグがまたひとつ、プラムにかぶりつきながらいった。「マンディから先にいってきたんだい。オレがやさしいから好きなんだって。毎日オレと遊ぶっていうんだ」

「そんなに食べたら、明日おなかピーピーになって、トイレから出られなくなるよ。そしたらカノジョにきらわれちゃうから」

「残念でした。明日は土曜日だもんね。学校なんか行かないよ。ザマーミロ」エッグはそういうと、プラムをまるごと口に入れた。

「エッグ！　そんなによくばったらダメでしょ、お行儀《ぎょうぎ》悪い。ほら、のどに詰《つ》まるわよ」

アンナはいすから飛びあがると、エッグの背中《せなか》をバシンとたたいた。

エッグの口からプラムが飛び出して、キッチンの床《ゆか》でベチャッとつぶれた。「オレのプラム！」エッグはつぶれたプラムをひろおうとした。

「きたないからよしなさい」アンナがしかって、プラムをさっと片《かた》づけた。

「きたないのはプラムだけじゃないよ。見て、エッグもすごいことになってる」

「今日学校で、フィンガーペインティングをしたのよ。エッグの場合、ボディーペインティングといったほうがよさそうだけど。それじゃおチビさん、お風呂《ふろ》に入りますか？」

「あ、わたし先に入る」わたしは早口でいった。

アンナがこっちを見た。わたしはふだんは夜遅《おそ》くお風呂に入る。先に入るのは、出かけるときと決まっていた。アンナがこまっているのがわかる。ゆうべと今朝《けさ》の大騒《おおさわ》ぎには、ひと言もふれていない。なるべくなら、楽しい雰囲気《ふんいき》をこわしたくないと思っているはずだ。

アンナが迷《まよ》っているあいだに、わたしはすばやく逃《に》げだした。そして大急ぎで二階のお風呂《ふろ》に入った。鏡は湯気で曇《くも》っている。わたしはほっとした。バカげたダイエットに夢中《むちゅう》になって、拒食症《きょしょくしょう》になりかけて以来、ありのままの自分の体を受け入れようと努力はしている。だけど、ありのままの自分はあまりに、まんまるだ。生まれて初めて正式なデートに出かけるというときには、もっとやせてれば、と思わずにはいられない！　いちばんイケてるパンツとレースのシャツを合わせてみたけど、どこもかしこもキツすぎる（なんでフルーツブレッドを三枚《まい》も食べたんだろう）。ダブダブのパンツとシャツに着がえてみたけど、これじゃ少しカジュアルすぎるし、ワンピースじゃドレッシー過《す》ぎる……。わたしはハーフパンツのまま、クローゼットをひっくり返して服をあさり、結局、最初に着たパンツとレースのシャツに落ち着いた。

時計の秒針《びょうしん》がどんどん速くなっていくみたい。次はメイク。どんなに小さいニキビも見のがさないように、細心の注意でカバーする。それから、目が大きく見えるようにアイラインをひいた。そして、まばたきのたび誘惑《ゆうわく》できるように、マスカラを。だけど口紅《くちべに》はやめておいた。ラッセルについたりしないように。今度は髪《かみ》をなんとかしなければ。わたしは準備《じゅんび》体操《たいそう》をしてから、いちばんかたいへアブラシを手に取り、髪の毛と戦った。湯上がりの湿《しめ》った髪は、グルグルになっていうことをきかない。どんなにとかしても大した進歩はない。だけど昨日《きのう》はもっとひどかったはず。それでもラッセルはわたしを選んだ。マグダでもなくナディーンでもなく、わたしをスケッチしてくれた。

いまだに信じられないけど。

「わたし、わたし、わたしなのよーっ！」わたしはオペラ歌手のリハーサルみたいに、声をはりあげた。

それから意を決して下へおりた。急いで廊下《ろうか》を通って、なにもいわずに玄関《げんかん》から出よう。結局それしかない？

ところがキッチンの入り口で、アンナに呼《よ》びとめられた。「エリー？　出かけるつもりなの？」

「行ってきます」必死でなんでもないふりをした。

「エリー、出かけるのは許《ゆる》さないって、おとうさんにいわれたでしょう！」

「わかってる。だけど、おとうさん、いないいじゃない」

「なんてことというの。あんまりだわ！　昨日《きのう》の今日じゃ、わたしだって行かせるわけにいかないわ」

「アンナも、おとうさんはやりすぎだと思うでしょ？」

「そりゃ、少しはね。だけど、今日出かけてごらんなさい——おとうさんはもうけっしてあなたを信用しないわよ」

「わからなければいいんでしょ？　必ずおとうさんよりずっとまえにもどるから」

「それでも、おとうさんにはわたしから話します」

「ううん、アンナはそんなことしない。わたしにはわかる」

「そんな……こまったわ。ねえエリー、ラッセルに家に来てもらったら？　そうすれば会えるし、おとうさんとの約束も守れるじゃない」

「だって電話番号知らないもの。名字だって。だからどうしても、今日会わなきゃならないの！　もし行かなかったら、すっぽかしたと思われて、もう一生会えないよ」

「そんなにその子が好きなの？」

「そう！　だからお願い、アンナ。どうしても会いに行かなきゃ」

「だけど、好きにしなさいとはいえないわ。なにかあったらどうするつもり？」

「心配ないよ。待ち合わせはフラワーフィールドだし。たぶんハンバーガーかピザでも食べることになると思う。ちゃんと、早く――特別早く――帰らなきゃならないっていうから。九時には帰る。やっぱり、九時半にして。お願い、アンナ。たのむから行かせて！　九時半までに帰るって約束する。絶対《ぜったい》アンナをがっかりさせたりしない。お願いだから信じて。信じてくれるよね」

「それほどいうなら行きなさい。ホントにワルい子」アンナはそういって、五ポンドのおこづかいまでくれた。

わたしはアンナにだきついて、ありがとうとキスした。「アンナ、大好き」そして家からかけだした。

アンナが許《ゆる》してくれて本当によかった。わたしはスキップした。でも、バスの中で急に心配になってきた。なんて話しかければいいんだろう。「こんにちは、ラッセル」小声で口にしてみた。小さく手をふりながら、ニッコリして。ヤダ、だれかこっち見てる！　ひとり言いったり、ひとりで手をふったりして、きっとあやしい子だって思われてる。今度は暑くなってきた。安物のレースがチクチクかゆい。両手で体をかきむしったところでハッとした。きっと、蚤《のみ》かなんかがいると思われてる……。

ラッセルと会うときには気をつけなきゃ。ニタニタ笑いも、ひとり言もやめ。手をふったり、かきむしったりも厳禁《げんきん》。さもないと、今度はサルのスケッチをされちゃう。

このバスのろいなあ。これじゃ遅《おく》れちゃう。ラッセルに、来ないと思われるじゃない。ああ、ラッセル。待ってて、今行くわ。おとうさんを裏切《うらぎ》り、気の毒なアンナをおどして――あなたに会うために、すべてを犠牲《ぎせい》にしたのよ。

ダウンタウンに入ると、わたしはバスから飛びおりた。そしてフラワーフィールド・ショッピングセンターめざして勢《いきお》いよくかけだした。一秒もムダにするまいと、息をぜーぜーいわせながら、待ち合わせ時間一分まえに到着《とうちゃく》。よかった、わたしが先だ。

そして、わたしはあとでもあった。なぜかというと……。

――わたしは待った。

――ラッセルは来ない。

――わたしは待ちに待った。

――ラッセルはどんなに待っても来ない。

八時まで待った。

そして、わたしはトボトボ家へ向かった。涙《なみだ》を必死にこらえながら。

4 Doom and Gloom Time

嘆きのとき

「うれしいわ、エリー。なんてえらいの！　なにも、こんなに早く帰らなくてもよかったのに」そこまでいって、アンナはわたしの表情《ひょうじょう》に気がついた。

「どういうこと？　いったいなにがあったの？　楽しくなかったの？　なにかイヤなことされたの？」

「なんにもないよ。だってすっぽかされたんだもん」いった瞬間《しゅんかん》、〈タイタニック〉の映《えい》画《が》のシーンのように、涙《なみだ》が一気にあふれだした。

エッグが寝《ね》ていて助かった。もちろんおとうさんもいない。アンナとわたしのふたりきりだ。アンナにやさしく肩《かた》をだかれて、わたしは思い切り声をあげて泣いた。アンナは、買ったばかりの水色のセーターを着ている。ファッションデザイナーの友だちのサラのオリジナルブランド商品だ。そしてわたしのまつげにはマスカラがたっぷり。

「ヤダ、どうしようアンナ。セーターに黒いシミがいっぱい。ゴメンね……」わたしは必死であやまった。

「気にしないで。じつは気に入ってるわけじゃないの。ただ、サラがあんまり自慢《じまん》するから。あの人、わたしが彼女《かのじょ》のブランドを心底《シンソコ》気に入ってると思ってるけど、本当はおつき合いで買っただけなの」

「だったら、くれない？」

「どうしてあなたは、他人《ひと》のものばかり着たがるのかしら」涙でよごれたわたしの顔をティッシュでふきながら、アンナがあきれた。

「でもおとうさんの服は借りないよ。お願いだから、ラッセルが来なかったことはいわないで。約束よ」

「いうはずないでしょ。もちろん出かけたことも。かわいそうだけど、とにかく無事でよかった。そもそも行かせるべきじゃなかったのよ。おとうさんにいわれなくとも、あなたぐらいの子がひとりで出歩くのは本当にあぶないいんだから」

「あぶなくなんかないよ。だれもわたしにちょっかい出さない。ラッセルを見ればわかるじゃない。ああ、アンナ。待ってるのは、すごくツラかった。女の子が大勢《おおぜい》いて、ニヤニヤこっちを見ててね。どう見ても、すっぽかされたってわかるもん」

「まちがいなく今日の約束だったの？」

「まちがうはずない。時間も場所もなにもかも。向こうは本気じゃなかったんだ。くやしいけど、おとうさんのいうとおり。わたしのことなんか、好きでもなんでもなくて、ただどこまで許《ゆる》すか試《ため》しただけ」

「そんなことがあったの？」アンナはショックを受けたみたい。

「べつに。キスしただけ」

わたしはラッセルのキスを思い出した。それが、どれほど特別なことだったかを……。だけどラッセルは、もう二度とわたしとキスする気なんてない。わたしはまたすすり泣きをはじめた。

「かわいそうなエリー。そんなに悲しまないで。わたしもすっぽかされたことあるわ。だれにでもあることなんだから、深刻《しんこく》になっちゃダメよ。そうだ、ナディーンかマグダに電話してみたら？　思いきりグチったらすっきりするかもよ」

だけど、打ち明ける勇気は、どうしてもなかった。こんなこと初めてだ。ふたりとも、きっとやさしくなぐさめてくれる――だけどあんなに自慢《じまん》して、バカみたいな詩まで書いたあとでこんなことになるのは、あんまりミジメだ。

ナディーンがリアムとのことでひどく傷《きず》ついたとき、ほとんど口をきこうとしなかった。今ならナディーンの気持ちがわかる。リアムは、たしかに女の子の体だけが目当てのひどいヤツだ。それでも、何度もデートして、ナディーンに夢中《むちゅう》だと信じこませるくらいの手間はかけた。それにくらべてラッセルは、たった一度のデートさえしなかった。

わたしは早目に自分の部屋に逃《に》げこんだ。まちがっても、おとうさんとは顔を合わせたくない。そしてスケッチブックを取り出し、ラッセルのポートレイトをしばらくながめてから、いちばん太い黒いクレヨンでメチャクチャに描《か》きなぐった。何度も何度も、しまいにはただのまっ黒いかたまりになってしまうまで。それからページを引きちぎると、細かくやぶって窓《まど》から外に放り投げた。夜の空に黒い紙ふぶきが散る。

これでよし。これで、もう全部忘《わす》れられる。もう二度と、思い出すこともない。

頭ではわかっているのに、どうしてもラッセルのことを考えてしまう。翌朝《よくあさ》はずいぶん寝坊《ねぼう》した。太陽の光をさけて、上掛《うわが》けにもぐりこむ。遠くで電話のベルが聞こえた。しばらくして、アンナの軽《かろ》やかな足音がした。

「エリー、電話よ」

一瞬《いっしゅん》、ラッセルからのおわびの電話かと期待したけど、考えてみれば、わたしの電話番号も知らなければ、名字さえ知らないはずだ。

電話はマグダからだった。

「まだ寝てたの？　さては、愛《いと》しいラッセルさまと遅《おそ》くまでいっしょだったんだね？」

「はずれ」わたしはクラい声でいった。

「なーに？　ああ、おとうさんがいるの？」

さいわい、おとうさんはエッグとプールに出かけてる。

わたしはもごもごいった。

「聞こえないよ！　わかった。おとうさんが聞き耳立ててるなら、『はい』か『いいえ』だけで答えて。デートは楽しかった？」

「いいえ」

「じゃあ楽しくなかったんだ」

「いいえ」

「はっきりしなよ！」

「だから話せないんだってば！」

「だったら午後会おうよ。いいでしょ？　ナディーンもいっしょに」

「外出禁止《きんし》だから無理」わたしは受話器をおいた。

「マグダやナディーンと出かけるなら、おとうさんはなにもいわないはずよ」アンナがいってくれた。

「どっちみち出かける気分じゃないから」わたしはうつむいたまま階段《かいだん》をのぼった。

「お風呂《ふろ》は？」アンナが声をかけてくれたけど、その気力もない。着がえる気にもならない。朝ごはんも食べたくない。社会とのつながりはいっさい絶《た》ってしまいたい。アンナと話すのさえおっくうだ。

さっきまでもぐりこんでいたベッドにもどり、背中《せなか》をまるめてひざをかかえた。こんなとき、あのなつかしい青いゾウのぬいぐるみがあれば。もう一度小さいころにもどりたい。あのころは、男の子なんて、バカで、きたないだけの生き物で、鼻クソをほじって口に入れたり、ヒトのバービー人形の腕《うで》をもぎとったりする存在《そんざい》でしかなかった。エッグなんか、この世に存在しなければいい。おとうさんとアンナも出会わなければよかった。ああ、おかあさんがまだ生きていてくれたらなあ……。

だけどおかあさんは、もうずっとまえに天国に行ってしまった。突然胸《むね》の奥《おく》がキューンとして、目頭《めがしら》が熱くなった。止めようもなく涙《なみだ》があふれてくる。わたしはベッドにもぐったまま、何時間も泣き続けた。昼ごはんの時間になって、やっとベッドから出たけど、目はまっ赤《か》に泣きはらしたままだ。お昼はベーコンサンドだった。アンナが、先回りしてなにかいったらしく、こんなにひどい顔を見ても、エッグもおとうさんも、なにもいおうとしない。ふたりはプールのことを話しはじめた。エッグが自己流《じこりゅう》のフリースタイルを実演《じつえん》してみせた。あんまりはしゃぐから、パンくずはそこらじゅうに飛び散るし、指があやうくわたしの目に入りそうになった。落ち着きなさいといわれても、ますます調子に乗るばかり。おとうさんがついに怒《おこ》った。アンナがあいだに入ってとりなしている。わたしはその一部始終をただながめていた。それがいったいどうしたっていうの。わたしにはなんの関係もない。どうせ結婚《けっこん》して家族をもつことなんかない。デートさえできないのに、まともに結婚するなんてありえない。初めてつき合ったダンは、かなり変わってた。オール5のガリ勉で、なんともダサかったけど、わたしはそのダンにさえフラれた。そしてラッセルには、初めてのデートをすっぽかされた。この先の人生も、だれからも愛されず、孤独《こどく》に生きていくんだ……。

涙《なみだ》が頬《ほお》を伝った。

「おいエリー、そんな悲しい顔するなよ。ゴメンよ、おとうさんが悪かった。昨日《きのう》、例の子との約束の場所に行かせなかったのはまちがいだった」

チラッとアンナを見た。アンナの眉《まゆ》がピクリと動いた。どうやらここは、なにもいわないほうがよさそうだ。

「エリーが泣いてる」エッグがまた、よけいなことをいう。

「エリーのことはいいから、さっさとサンドイッチを食べなさい」アンナがしかった。

「おとうさんも、少しきびしくしすぎたと反省してるよ。だけど、おまえのことを思えばこそだってことは、わかってくれないか」

わたしのことを思う人なんて、おとうさんのほかにはいやしない。だから、「ラッセルが一線を超《こ》えようとするかも」なんて心配は無用だ。だって会いにさえ来なかったんだから。

わたしはなにもいわずに、ただ鼻をすすった。

「マグダにさそわれたのに、許《ゆる》してもらえないからってことわったんだって？　おとうさんはそこまで意地悪じゃないぞ。女友だちと出かけるのを止めるわけないだろう！」

わたしは肩《かた》をすくめると、また部屋に閉《と》じこもった。

だけどマグダとナディーンは、そう簡単《かんたん》には引きさがらなかった。十分後、玄関《げんかん》をノックする音がした。マグダとナディーンだ。おとうさんがふたりに応対《おうたい》した。

「アラードさん、お願いがあって来たんです！」マグダの声が聞こえる。

「エリーのこと、お怒《いか》りだとうかがいました。わたしもいけなかったんです。すぐに事情《じじょう》をお話しすべきでした。半分はわたしの責任《せきにん》です」ナディーンがいう。

ふたりは根気強く、あの手この手で取り入ろうとした。おとうさんは明らかにこの状態《じょうたい》を歓迎《かんげい》している。気のすむだけしゃべらせておいて、突然《とつぜん》心を動かされたふりをしてみせた。「負けたよ。たしかに、きみたちの貴重《きちょう》な休日を台無しにする権利《けんり》はない。エリーをつれ出していいよ」

ふたりはうれしそうに「やったー！」とさけんで、階段《かいだん》を飛びあがってきた。マグダの厚底靴《あつぞこぐつ》がカタカタいう音と、ナディーンのスニーカーがキュッキュッと鳴る音が聞こえ、次の瞬間《しゅんかん》、鎧《よろい》に身をかためた騎士《ナイト》がモンスターからお姫《ひめ》さまを救い出す勢《いきお》いで、ふたりが部屋にかけこんできた。今のわたしは、とらわれの姫というよりはモンスターになった気分なんだけど。

ふたりは、ついにおとうさんを説得したと騒《さわ》ぎたて、わたしはさも感謝《かんしゃ》するふりをした。そして、「じつはあんまり出かける気分じゃない」と、半分あきらめながらもいってみた。生理がひどくてと言《い》い訳《わけ》しても、ふたりはヘンダーソン並《な》みに疑《うたぐ》り深い。とうとう、まっ赤《か》にはれた目と、涙《なみだ》のあとがありありとわかる顔に気づかれてしまった。

「どうしたの、エリー？　ラッセルとなにがあったの。まさか、すっぽかされたんじゃないよね？」マグダがいった。

「大当たり」わたしは鼻をグスグスいわせた。

「ひどい。そんな目にあわせるなんて最低だわ。どれぐらい待ってたの？」今度はナディーンだ。

「一時間！」わたしは嘆《なげ》いた。そしてなにからなにまでぶちまけた。マグダが肩《かた》をだき、ナディーンは腰《こし》に手をまわしてくれた。そしてやさしくなぜてくれた。ナディーンが、目と目のあいだが近すぎるし、どことなく信用できないところがあった、とラッセルをけなした。リアムとのことを考えると、そんなこといえないくせに。マグダはマグダで、ラッセルは、十一年にしてはすごく子どもっぽいとコキおろした。あんなの、ただカッコつけてるだけじゃない、といっても、ホントはヒトのことなんかいえないはず。自分だって、あのすごく大人っぽい、グレッグとつき合ってたくせに。

それでも、ようやく気持ちが晴れてきた。ナディーンがバスルームからタオルを持ってきて、目を冷やしてくれた。マグダはメイク道具を取り出すと、濃《こ》いグレーのアイシャドウをたたきつけ、黒のアイラインを描《か》いてくれた。アイメイクと友だちのパワーで、わたしはようやく元気になった。

「これで出かける気になったでしょ」とマグダが声をかける。

ナディーンは早々とわたしのジャケットを用意してる。よし、三人で出かけよう。さっきまであんなに悲しかったのがウソのようだ。カレシも悪くないけど、親身になって心配したり、いつもいっしょにいてくれる女友だちとはくらべものにならない。

わたしたちはフラワーフィールドに行った。わたしは昨日《きのう》のかわいそうなエリーのまねをして、おどけてみせたりもした。最初はブティックをはしごして、いろいろ試着しては笑いころげた。

「ほらね、外へ出れば元気になると思ったんだ！」マグダがいう。「もうラッセルのことなんか忘《わす》れちゃえ！　男なんていらない、いらない。考えるのはもうやめ！」

そういいながら、マグダの目はＣＤショップの前にたまってる三人組の男の子――タイトなジーンズがキマッてる――をチェックしてる。その子たちは店に入っていった。

「そういえば、こないだ出た〈ベスト　エバー　ラブソング〉のアルバムを買おうかどうか、迷《まよ》ってるんだ。ちょっと聴《き》いてきていい？」突然《とつぜん》マグダがいいはじめた。

ナディーンもわたしの視線《しせん》に気づいて、わたしたちは意味ありげに笑った。

ＣＤショップに入ると、マグダはさっそく男の子の品定めをはじめた。わたしとナディーンはお気に入りのナンバーをチェックしながら、最近ハマッている〈百ポンドがあったらなにを買う〉ゲームをした。ふたりともほしいものリストの上位にクローディア・コールマンのアルバムが入った。

「ねえ見て！」ナディーンがカウンターの上のクローディア・コールマンのポスターを指さした。「来月アルバートホールでコンサートですって」

「絶対《ぜったい》行かなきゃ！」マグダも男の子をおいてこっちへやってきた。「一度ライブで聴いてみたかったんだ」

「だけど、すごく高いんじゃない？」お金の心配ばかりでイヤになっちゃう。「アンナが、少しはカンパしてくれるかもしれないけど」

「いざとなったら、あたしもカンパするよ。ナディーン、あんたもお金の心配はしないで。とにかくなにがなんでも、三人で行かなきゃ。決まりだね！」マグダはさっそく、チケットオフィスの電話番号を書き写した。「帰ったらすぐ、パパにたのんでカードで予約してもらうから」

それから試聴《しちょう》コーナーに行き、三人で順番にクローディアの曲に合わせて歌った。クローディアの歌声は、耳もとでささやくような、やさしい息づかいだ。わたしはこの歌を、何度もくり返しあきずに聴《き》いた。

♪**あの人**のこと　**考**えるのは　もうやめて
思い**出**も　**哀**《かな》しみも　いらない　いらない
あなたが**輝**《かがや》いているのは　**彼**《かれ》のためじゃないはず
あんな**人**いなくても　あなたならだいじょうぶ

歌詞《かし》を完全に覚えるまで何度もくり返し聴いた。そして、フラワーフィールドにいるあいだじゅう、三人で歌い続けた。帰りのバスでは、ナディーンとデュエットした。アルバムを買ったナディーンは、わたしにもカセットに録音してくれると約束した。ナディーンと別れて帰る道でも、わたしはソロで口ずさんだ。

ラッセルなんていらない。ラッセルなんて、いなくてもだいじょうぶ。**あんな人のこと**

考えるのはもうやめた。

「エリー、出かけてるあいだにお客さんが来たよ」

わたしは次の言葉を待った。

「だれだと思う？」おとうさんは意地悪くジラしてる。

「知るわけないでしょ」わたしはそっけなく答えた。

「若《わか》い男性《だんせい》だよ」

なにそれ？

「だから、どういう若い男性なわけ？」

「髪《かみ》は長め。ややうぬぼれが強い感じ。気取って、スケッチブックを小脇《こわき》にかかえてたな」

「ラッセル！」

「そのとおり」

「だけどウチなんて知らないはずなのに……」

「そう。おとうさんも同じことをたずねた。答えは感動的だったよ。大ざっぱに見当をつけて、何本かの通りを一軒《けん》一軒訪《たず》ね歩いたそうだ。エリーという若《わか》い女性《じょせい》をごぞんじありませんかってね。そのうち、どこかのだれかが思い当たったらしくて、ウチにたどり着いたというわけさ」

「ホントなの？　おとうさん、ウソついてないよね？　ラッセルが本当にここまで来たの？」

「ああ、そうだ。昨日《きのう》のことを心配してたよ。ラッセルのおとうさんも、木曜の晩《ばん》帰りが遅《おそ》かったことをひどく怒《おこ》ったらしい。当然なんの連絡《れんらく》もしてないわけだからな。放課後勝手に出かけて、しかも夜中までふらついていたと、カンカンで、昨日は一歩も外出を許《ゆる》されなかったらしい。ラッセルは、おとうさんに許しを求めたり、説得を試みたり、嘆《なげ》いたり、うめいたり、努力はしたようだがね。というわけで、エリーとの特別の待合わせ場所に行けなかったんだ。だけどエリーもラッセル同様に、怒《いか》りに狂《くる》った父親に閉《と》じこめられていたから、問題はなかったというわけだ。そういうことだよな？」

「そうよ、だけど、ほかはなにもいってなかった？」

「大したことは話さなかったよ。こっちの剣幕《けんまく》にうろたえてたからな。おとうさんは、当然、ものすごく腹《はら》を立ててたから。あんなヤツにエリーを誘拐《ゆうかい》されて、公園につれていかれる筋合《すじあ》いはないからね」

「おとうさん、本気じゃないよね？　ラッセルのこと、マジでしかりつけたりしてないよね？　夢《ゆめ》みたい。すっぽかしたわけじゃない。家から出してもらえなかったんだ。午後じゅう歩いて、わたしを探《さが》しだそうとするなんて。ただ事情《じじょう》を説明するために」

「ただ事情を説明するために、ね。顔色が青くなるまでじゅうぶん説明させたよ。空の青というより、あれはどちらかというと海の青だな」

「おとうさんたら、本気で責《せ》めたわけじゃないんでしょ？」

「もちろん本気に決まってるだろう。おとうさんが『よし』というまで、あんな若造《わかぞう》には、エリーに指一本ふれさせない。しかも『よし』という気はまるでない」

わたしは必死で、おとうさんの表情《ひょうじょう》を読み取ろうとした。冗談《じょうだん》でいっているのか、どうしてもわからない。たぶん、からかってるんだと思う。だけど確信《かくしん》はない。アンナさえいてくれたなら、こんなに悩《なや》まなくてすむのに。ラッセルは、どうしてよりによって、わたしがいないときに来たんだろう！　それにしても信じられない――知らない家を訪《たず》ね歩くなんて。そんなにしてまで、会いたいと思ってくれたなんて！

「もう一度きくけど、ラッセルはほかになんていってたの？」

「さっき話したとおりだ。しゃべったのはほとんどおとうさんのほうだ」

「じゃあ、そのあとはどうしたの？」

おとうさんは肩《かた》をすくめた。「まあ、あの若者《わかもの》も自分の過《あやま》ちに気づいたというところかな」

「おとうさん。はぐらかすのもいいかげんにして。わたしがきいてるのは、ラッセルがなにか――もう一度会いたいとか――いってなかったかってことよ！」

おとうさんは首を横にふった。「ひと言もいわないよ。無理もない。許《ゆる》さないと思い知らせたからな」

「ウソ！　絶対《ぜったい》に会わせないなんて、そんなひどいこと、本気じゃないよね？」わたしをこまらせて楽しんでると思ってはいても、だんだん声がうわずってくる。

「本気……かもしれないぞ！」

「とにかく、また会いたいっていったのかどうか、はっきりさせてよ！」

「なんだ、いつもは自立した女性《じょせい》だとかいって、いざとなるとだらしないな。おまえも自分から探《さが》してみたらどうだ。まあ、外に出られる日が来ればの話だが」

「どこに探しに行けっていうの。住所を教えてくれたの？」

「いいや」

「本当？」

おとうさんは、いまいましいニヤニヤ笑いを浮《う》かべたまま、また首を横にふった。

「だったらどうやって連絡《れんらく》を取ればいいの？　ペムブリッジパークのまわりで、ラッセルと同じことをやれっていうわけ？」

「それも手だな。または、この手紙になにか書いてあるかもしれないぞ」おとうさんはポケットから封筒《ふうとう》を取り出すと、ヒラヒラさせた。

わたしは手紙をひったくると、急いで封《ふう》をあけた。必死で文面をたどる。手紙の最後は、

「もう一度、きみに会いたい！　ラッセル」小さなイラストもそえられている。

心臓《しんぞう》がドキドキいってる。

「なんだって？」

いい気味！　今度はおとうさんがジラされる番だ。

「うん、とても元気だって」ニッコリ笑って答えてやった。

「それじゃ、エリーも元気になったということかな？」

「そういうこと」わたしは踊《おど》りながらキッチンに行って、コーヒーの用意をした。お湯が沸《わ》くまでにラッセルからの手紙を読んだ。コーヒーを飲みながらも。何度も何度もくり返し読んだ。

Ｄｅａｒ　エリー、

本当に本当に、心の底からゴメン。金曜日の夜、約束を守れなかったこと、どんな

にあやまっても許《ゆる》してもらえないかもしれない。しかも理由がなんとも情《なさ》けない。木曜の夜、帰りが遅《おそ》かったことで、親父《おやじ》が完全にキレて、外出を禁止《きんし》されてしまったんだ。

こんな理不尽《りふじん》なこと信じられない。アイツは偽善者《ぎぜんしゃ》だ。自分はカノジョをつれこんで、好きなことしてるくせに、ヒトのことをトヤカクいう資格《しかく》はないよ。一生閉《と》じこめられてたまるか。だから、月曜の放課後に会えないかな? マクドナルドで。学校が終わったら、すぐかけつける。三時四十分には行けると思う。そこできみを待つ。どうか来てくれますように。マヌケな顔で、ゴメンなさい、ゴメンなさい、といっているのがぼくだよ。

もう一度、きみに会いたい!

ラッセル

手紙にはラッセルの小さい自画像《ポートレイト》が描《か》いてあった。長めの髪《かみ》、うったえるような目、片《かた》手《て》に鉛筆《えんぴつ》、もう片方の手にはスケッチブックを持っている。スケッチブックの表紙には小さくイニシャルが書いてある。あんまり小さいから、よっぽど目を近づけなければ読めやしない。RLE。Rはなにかな。ルール？　ロール？　ちがう、ラッセルだ。だったらEはエリー？　じゃあLは？？？？？？？？？？　Love？

RLE……Russel Loves Ellie・ラッセルはエリーを愛してる……。

ジェットコースターに乗ってる気分になってきた。グーッとあがっておりて、またあがっておりて……。

おとうさんがキッチンに入ってきた。「おとうさんのコーヒーはないのか？」

「今いれる」手紙をすばやくポケットに入れた。

「いいことが書いてあったかい？」

「まあね」

「また会いたいっていってきたのか？」

「ま、そんなとこ」

「どうするつもりだ？　おとうさんは、はっきりと反対したはずだぞ」

「おとうさん、本気なの？」わたしはおとうさんを見つめた。

しかめっ面《つら》だけど、目は笑ってる。

「そうだなあ。だけど、木曜の夜はホントにどうしようかと思ったんだ。あんな時間まで帰らないなんて初めてだったから、心配で気がヘンになりそうだったよ」

「おとうさんも、若《わか》いころにはデートぐらいしたでしょ？」

「だからこそ心配なのかもしれない。ラッセルくらいの年にどんなことをしてきたか、覚えてるからこそ。まったく恥《は》ずかしくて身が縮《ちぢ》むよ。そのころは、女の子を人間あつかいしてなかった。どうしようもなく古くさい男子校に押《お》しこめられていたから、女の子のことなんか、ろくに知りもしなかった。ただものめずらしい存在《そんざい》で、デートといっても話題もないし、カノジョとどこまで行けるか、バカみたいに友だちと競《きそ》い合って……」

「おとうさん！」

「いいたいことはよーくわかる。デートが終わると、学校で自慢《じまん》し合ったものさ。あることないこと大げさに、下品にね」

「それって、男の子がまだネアンデルタール人並《な》みだった、大昔の話じゃない。ラッセルは全然ちがうよ」いい切ったとたん、ラッセルとのキスを思い出して、顔が赤くなった。

「そのくらいわかるさ。会った瞬間《しゅんかん》、まともないいヤツだって思ったよ。ウチの娘《むすめ》とまじめにつき合いたいんだなって。そういえば、美術《びじゅつ》の話で盛《も》りあがったんだって？　スケッチブックのエリーのポートレイトも見せてもらったけどなかなかうまかった。荒《あら》けずりだが、あの年にしてはなかなかの線だ。正直、なにカン違《ちが》いしてたんだろう、とバカバカしくなったよ。とんでもないスケベ野郎《やろう》に、娘がひどい目にあわされたと思いこんでた。ところが、プラトニックもいいとこで、美術を論《ろん》じてたっていうんだから」

「そういうこと。いったとおりでしょ？」顔はまだ赤いままだ。「時代がちがうの！　だからデートしてもいいでしょ？　またいっしょにスケッチするんだから！」

「問題はそこだよ、エリー。時代はたしかに変わった。おとうさんが十代のころなら、夜遅《おそ》くまで出歩いてもなんの問題もなかった。アンナも十三か十四くらいのころには、小さいディスコや若者《わかもの》向けのクラブに通ったはずだ。それが今は、若い子が安心して遊べる場所がない。どこもかしこも、どうしようもなくイカれてる。このあいだ麻薬《まやく》の強制捜査《きょうせいそうさ》を受けた〈セブンス・ヘブン〉みたいな場所にも、当然二度と行かせるわけにはいかない」

「わかった、わかった。〈セブンス・ヘブン〉には行かないから」

「〈セブンス・ヘブン〉以外でもだ。暗くなって出歩くのは危険《きけん》だ。ろくでもないヤツらがうろついてる。用もないのにフラフラしてケンカを売ったりいちゃもんをつけたり。ラッセルのおとうさんが怒《おこ》るのも無理はない」

「心配いらないのに……もう、子どもじゃないんだから」

「ラッセルがどんなマッチョだとしても関係ない。相手が集団《しゅうだん》で来てみろ、おしまいだ」

「それって被害妄想《ひがいもうそう》だよ」

「そうかもしれない。本当のところはおとうさんにもわからない。だから、当分のあいだ、こういうのはどうだ？　放課後ラッセルと会うことは認《みと》める、ただし九時には必ず帰ること」

「エッグじゃないんだから！」

「気持ちはわかる。だけど、エッグもエリーもおとうさんにとっては大切な子どもだ。二度と木曜日のような思いはしたくない。本来なら、まだ謹慎中《きんしんちゅう》なんだぞ。出かけてもいいけど、九時の門限《もんげん》は当分変えないからな。おとうさんとしては、これでもせいいっぱい歩み寄《よ》ってるつもりだ」

「そうは思えないけど」

「それに、九時には暗くなる……そしたらスケッチもできないだろう？」おとうさんはニヤッと笑った。

わたしも半分ひきつりながら笑ってみせた。これじゃまるでキツネとタヌキの化《ば》かし合《あ》いみたい。それでもラッセルに会うことはできる！　たとえ門限つきでも。

部屋へもどると、もう一度手紙を読み返した。何回も何回も。それから下へおりるとナディーンに電話して、ラッセルのことは誤解《ごかい》だった、わたしを探《さが》して、このあたりを、一軒《けん》一軒訪《たず》ね歩いたんだって、と伝えた。

ナディーンの反応《はんのう》は、期待したほどではなかった。電話口の向こうではクローディアのアルバムがすごいボリュームでかかってる（家族はまちがいなく外出中）。わたしがしゃべっても、あまり熱心には聞いてないみたいで、CDに合わせて歌ってる。ひとつ、ナディーンにききたいことがあった。

「ラッセルが信用できないっていってたけど、ホントにそう思う？」

ナディーンの口調もなんだか信用できない。「そんなことないわ。あれは、ほら、ただエリーをなぐさめようと思っていっただけだから。目が寄《よ》りすぎってていったのも気にしないで。たぶん、スケッチするときの真剣《しんけん》な表情《ひょうじょう》だと思うから」

それ以上は追及《ついきゅう》しなかった。次にマグダを呼《よ》び出した。マグダからも大ニュースがあった。マグダのパパがクローディアのコンサートチケットを手に入れてくれたのだ！「エリー、うれしいでしょ？　クローディアの歌を聴《き》けば元気になる。**あんな人、いらない、いらないだよね？**」

「それがねマグダ、じつは、**いらない人**じゃなかったのよ」

わたしはこと細かに話しはじめた。必要に応《おう》じて、事実を誇張《こちょう》しながら。ついには、ラッセルがわたしを求めてほとんど国じゅうをさすらう話になった。

マグダはなにもいおうとしない。電話の向こうからはなんの反応《はんのう》もない。

「ということで、すっぽかされたわけじゃなかったんだ」念のためもう一度いってみた。

「ゴメン、エリー。よくわかんないんだけど。おとうさんに止められて、すっぽかしたわけ?」

「だから、ホントは来たかったの」

「だけど、パパにダメっていわれたんだ……」

パパという言葉にトゲがある。一瞬《いっしゅん》の沈黙《ちんもく》のあと、「ラッセルのこと子どもっぽいと思ってるんでしょ。カッコつけてるだけだって……」

マグダがグッと言葉につまるのがわかった。

「そうじゃない。ラッセルだけじゃなくて、十一年生の一般論《いっぱんろん》としてさ。そりゃ、どうしようもない十年生や、九年生にくらべればずっとマシだよ。だからって十一年が大人ってことには……」

「やっぱり、ラッセルが大人じゃないっていってる」

「からまないでよ！　だいたい、男の子はみんな幼《おさな》いんだから。あんたのラッセルは――マトモだと思うよ」

わたしはやっと納得《なっとく》して、マグダのパパにチケットのお礼をことづけた。おとうさんと、おこづかいの話をしなくちゃ。今日はもうさんざん交渉《こうしょう》をしたから、明日にしたほうがよさそうだ。

明日の交渉を少しでも有利にしようと、わたしはおとうさんにまたコーヒーをいれた。もうすぐ夕飯の時間だったけど。そういえばアンナとエッグはどこだろう。アンナと話をして、内緒《ないしょ》で出かけたことを絶対《ぜったい》いわないでってもう一度口止めしなきゃ。いいつけを守らなかったことがバレたら、きっとラッセルに会うのを許《ゆる》してもらえない。それだけはこまる。

わたしはラッセルが何軒《なんげん》もの家を訪《たず》ね歩くところを想像《そうぞう》した。まるでおとぎ話だ。ハンサムな王子さまが、通りのすべての家のドアを三回ずつノックして、また次の通りの家のドアを三回ずつノックして……。そして、とうとうとらわれの姫君《ひめぎみ》を探《さが》し当て、誓《ちか》いのキスを……。

幸せな気持ちでしばらくうとうとしたみたい。玄関《げんかん》のドアのあく音で目を覚ました。

「アンナ？」

「イヤ、おとうさんだ。アンナたちがそろそろもどるんじゃないかと、そこまで見てきたんだけど、どうしたんだろう、見当もつかない……」

「そもそも、どこに行ったわけ？　買い物？」わたしは階段《かいだん》の手すり越《ご》しにのぞきこんだ。

「エッグと？　あいつがいると買い物なんかできないのはわかってるだろう。ナディーンのおかあさんに呼《よ》び出されて出かけたんだが……」おとうさんはしかめっ面《つら》をした。

わたしもニヤニヤした。ナディーンのおかあさんは、朝起きた瞬間《しゅんかん》から、バッチリ化粧《けしょう》をして、髪型《かみがた》もヘアスプレーでかため、雑巾《ぞうきん》と小型掃除機《そうじき》を手放さない、というタイプの女性《じょせい》だ。

「笑いごとじゃない！　木曜におまえが夜遊びしたことで、ひどくバカにされてイヤミを聞かされたんだ。ナディーンに悪影響《あくえいきょう》を与《あた》えられてはこまるとまでいわれたんだぞ」

「えーっ？　またいろいろいわれたの？」

「ひと通りな。だけど今日はアンナに用事があったんだ。あのブリブリの妹をなにかの撮《さつ》影会《えいかい》につれていくとかで、エッグがさそわれたんだ」

「なんでエッグを？」

「そう思うだろ？　おとうさんだって、エッグがカメラの前を気取って歩くところは想像《そうぞう》できないよ。だけどスポンサーは、フツーの男の子を探《さが》してるそうだ。いわゆる、きたなくて、落ち着きのない……。洗剤《せんざい》のＣＭかなんかで、パーティドレスを着た女の子を……」

「それがナターシャね！」

「そうだ、そこへ男の子たちがやってきてサッカーをはじめ――泥《どろ》だらけにするというわけだ」

「エッグは適任《てきにん》かも！」

「アンナもそう思ったらしい。エッグもその気になった。モデル料ももらえるし！　というわけで出かけたんだが、あんまり遅《おそ》いから心配してるんだ」

「エッグがはり切りすぎて、ナターシャを泥《どろ》でぬりたくっちゃったんじゃない？　ナターシャを洗《あら》い流して、乾《かわ》かして、また着がえさせて、ヘアとかメイクとかやってたら、きっとすごく時間がかかるよ」

「だけど、もうおなかのすく時間だぞ。夕食の用意をはじめないと……」

ちっともその気はないみたい。おとうさんは「新しい男性像《だんせいぞう》」を理解《りかい》してはいるけど、いざとなるとまるでだらしない、「古典的男性像」そのものだ。

「いいよ、なんか適当《てきとう》に作るから」わたしは感じよくいった。とにかくご機嫌《きげん》をとって、あのバカげた門限《もんげん》を少しでものばしてもらわなければ。

だけど、ドタバタ走りまわって努力したわりに、テーブルに並《なら》んだのは、焦《こ》げたオムレツとベトベトのフライドポテトだけだった。

「おいしいよ」おとうさんはいい切った。「だけどそろそろ本気で心配になってきた。おかげであまり食欲《しょくよく》がない」

そんなのただの言《い》い訳《わけ》だとは思うけど、実際《じっさい》おとうさんは落ち着かない様子だ。

「心配することないって。撮影《さつえい》が長引いてるだけだよ。そうだ、ナディーンに電話して、あとどのくらいかかりそうか、きいてみる」

さっそく電話をすると、出たのはおかあさんだった。わたしだとわかると、いかにも感心しないという声を出した。

「あら、エリーなの？　あなた木曜日のことは反省して、ご両親にお詫《わ》びしたんでしょうね。おふたりともどれほど心配してらしたことか。しかもウチのナディーンまであなたのウソの巻《ま》きぞえにされたのよ」

ナディーンのおかあさんはこの調子でまくし立てた。わたしはため息をついて、受話器をなるべく耳からはなした。ようやく言葉がとぎれた。

「本当に申しわけありませんでした。ところでお願いしたいことが……」

「ダメです。ナディーンは電話に出られませんよ。食事中ですの。まったくあなたたちときたら！　毎日学校で会うくせに、二分おきに電話して。いけませんナディーン、テーブルにもどりなさい。今度はなんですって？　ウチのナターシャちゃんがどうかいたしまして？」

「あのー――おばさまとナターシャは、ついさっきもどられたところでしょうか？」

「とんでもない！　五時には帰ってましたよ。撮影《さつえい》は早く終わりましたからね。べつにオタクの弟さんのおかげではないのよ。あの子ときたら、メチャクチャに走りまわるばかりで……。結局スタッフも、弟さんは使わなかったのよ」

「だとしたら今どこにいるんでしょう？」

「ぞんじません」

「帰りはごいっしょじゃなかったんですか？」

「いいえ。もちろん『ウチの車で送りますよ』とお声をかけましたよ。でもアンナさんはどなたか男性《だんせい》とお話し中で、その方といっしょに行かれました」

「男の方って、どういうことですか？」

おとうさんが電話口に飛んできた。受話器をもぎ取ると、ナディーンのおかあさんに質《しっ》問《もん》をあびせかけた。

「失礼ですがアラードさん、先ほどから申しあげているとおり、その男性のことはまったくぞんじあげませんの。ナターシャの付《つ》き添《そ》いで忙《いそが》しくしておりましたので。モデルの保《ほ》護者《ごしゃ》の方かどうかも知りません。お子さんをつれているようには見えませんでしたけれど。カメラのスタッフでないことはたしかです——みなさんをぞんじあげてますので。スポンサーという可能性《かのうせい》もありますけど、タイプがちがうというか——黒の革《かわ》ジャンを着た、バイク乗りのようなかっこうでいらしたので。オタクの奥《おく》さまがごいっしょに行かれたときは、正直申しあげておどろきましてよ」

「どうして止めなかったんです？」

「まあ、なんて言い草でしょう！　オタクの奥さまやお嬢《じょう》さまの素行《そこう》についてとやかくいう筋合《すじあ》いはございません。どなたかいらっしゃらなくなるたびにウチに電話しては、まるでこちらに責任《せきにん》があるようにおっしゃるのは、金輪際《こんりんざい》ご遠慮《えんりょ》ください！」

電話が切れた。おとうさんとわたしは顔を見合わせた。

「そんなに心配しないで。気にしちゃダメ。ああいう性格《せいかく》なんだから」

「だけどウソをいう女じゃない。アンナが知らない男とどこかへ行くところを見たといってるんだ。エッグまでいっしょに。エリー、ふたりになにが起こったんだ？」

「ナディーンのおかあさんだって、たまにはまちがうんじゃないの？」と、いったけど、あの人はミーアキャット並《な》みによく見える目とよくのびる首を使って、なにごとも見《み》のがさない。だからって、アンナも知らないバイク乗りについていくタイプではない。

「アンナが知らない人についていくなんてありえないよ。しかもエッグをつれて」

「それぐらいわかるさ」おとうさんはすっかり落ちこんでる。「だからよけい始末が悪い。つまり、その男は知り合いかも知れないってことだ」

「どういうこと？」

「もしかしたらの話だけど——友だちかもしれないじゃないか。イヤ、それ以上の関係かもしれない」

「やめてよ、おとうさん」

「自分がいっしょに暮《く》らして楽しい男じゃないことぐらい、おとうさんも自覚してる。それに――何度か学生と罪《つみ》のない遊びをしたことは否定《ひてい》しないよ。誓《ちか》って深い関係じゃないが。だけどアンナにはツラかったにちがいない。そしてこのあいだは、エリーにまでほかの女性《じょせい》がいるようにいわれた……」

「あのときはただ、意地悪いいたかっただけだよ」

「わかってる。だけどそれが効《き》いたかもしれない。ほかの女性なんていない。たとえ過去《かこ》に、ほんの少しまちがいがあったとしても、おとうさんだって成長するさ。せっかくめぐり合えたすばらしい妻《つま》を……」

「妻たち、でしょ」わたしは冷たくいった。

「そのとおりだ。おまえのおかあさんをこえる女性なんているはずない。それは本当だ。だけどそれは、アンナにとってはツラいことにちがいない。今までおとうさんは、アンナをじゅうぶん大切にしてこなかったようだ。まだ若《わか》いことも考えてやらなかった。出会ったころとはひどく変わってしまった」

「そんなふうにいわないで」

「エリーは、アンナがその革《かわ》ジャン男とつき合ってると思うか？　たとえばイタリア語講《こう》座《ざ》で知り合ったとか？」

「ありえないね」きっぱり否定《ひてい》したものの、おとうさんがあんまりクラいから、だんだん心配になってきた。頭ではバカバカしいとわかっている――あの常識《じょうしき》のかたまりのような義理《ぎり》の母親が、エッグをつれてハーレーにまたがり、秘密《ひみつ》の恋人《こいびと》とどこかに消える――どう考えてもありえない。一方で、アンナが電話も入れずに遅《おそ》くなることも、今までなかったことだ。

バイクの男性《だんせい》は送ってくれただけかもしれない。だけど万一、事故《じこ》にでもあったとしたら――まさか、交通事故なんてことは――。

もしもアンナが本当に帰ってこなかったら……と想像《そうぞう》してみた。それはなんともおかしな感覚だ。わたしは長年アンナをきらっていた。天国に行ってしまったおかあさんになりかわろうとしているように思えて。アンナが出ていけば、おとうさんとわたしだけになれるのに、とずっと思っていた。もちろん、おかあさんなしでは、カンペキではないけど。でも今となっては、アンナは新しい家族の一員だ。宿題や部屋の片《かた》づけのことをいわれると、うるさいと思うこともあるけど、それ以外のときは、いつも大好きな姉のような存在《そんざい》だ。

だったら、血のつながっている弟のエッグはどう？　いなくなったらものすごくさびしい？？？

「ふたりとも、だいじょうぶに決まってるよ」おとうさんはわたしがそういうと、わたしをぎゅっとだきしめた。

「ああ、そうに決まってる。さっきいった、つまらないことは忘《わす》れてくれ。なにか、ちゃんとした理由があるに決まってるさ。気長に待つとしよう」

その瞬間《しゅんかん》、玄関《げんかん》の鍵《かぎ》があく音がして、エッグの声が聞こえた。ふたりがもどり、待ち時間は終わった。

「ただいま！　ゴメーン、心配してた？」アンナが明るくいった。おとうさんはエッグを両腕《りょううで》でだきあげて、ぎゅっとだきしめた。

無事でよかった。心配してたのがバカみたい。一方でだんだん腹《はら》が立ってきた。こんなに心配かけることないじゃない。

「どこ行ってたの？　電話ぐらいすればいいのに！」というと、アンナがわたしの顔をまじまじと見てふき出した。

「なにがおかしいの？」わたしが怒《おこ》ると、

「だってあべこべじゃない。まるでエリーが母親みたい」アンナはそういっておとうさんを見た。だけどおとうさんはアンナといっしょには笑わずに、エッグを床《ゆか》におろした。

「そうなんだ。じつは、エリーと本気で心配してたんだよ。どうして電話の一本も寄《よ》こさなかったんだ？　なにがあったんだ？」

「ゴメンなさいね。そんなに心配かけたなんて」アンナはそういいながらキッチンに入ると、「もう夕飯はすませたの？　あら、だれかフライパン焦《こ》がしたわね。そうだエッグ、卵《たまご》どうする？　ゆで卵がいい、スクランブルがいい？」

「オレさまのスクランブルを一丁！」エッグは気のきいたジョークでもいったように、声をあげて笑った。この数年、卵を食べるたびに、同じことをいってるんだけど。

エッグはいつも以上に絶好調《ぜっこうちょう》で、ゴリラのように胸《むね》をつき出して、ハッハッと荒《あら》い息をしてみせた。

「オレ有名になるんだ」

「たしかクビになったんじゃなかったの？　いわれたとおりにしないで、ナターシャのじゃまばかりしたって聞いたけど」わたしは冷たくいった。

「なんで知ってるの？」アンナがおどろいた。

「ナディーンのおかあさんと話したから」

「そうなの。たぶん怒《おこ》ってらっしゃるはずよ。ナターシャのせっかくのチャンスを、台無しにされると思ったみたい。だけど正直なところ、カメラの前でポーズをとったり、シナをつくったりする子どもを見てると、エッグがフツーのいたずらっ子でよかったと思えたわ」卵をかきまぜながらアンナがいった。「だれかほかに食べる？　このハンプティ・ダンプティ以外に」

「ねえママ、ハンプティ・ダンプティのセーターも作って！」とエッグ。

「いいわ、きっとすごくステキなのができるわよ。正面ではハンプティが塀《へい》の上に座《すわ》ってて、背中《せなか》では落っこちてこなごなになってるのはどう？」アンナはエッグの鼻にキスをした。

「それオレのだよね、ママ？　エリーには絶対《ぜったい》貸《か》してやんないもんね」

「だれがアンタのなんか借りるもんですか」わたしはエッグをにらみつけた。

「エリーは、わたしの作るセーターはヘンだと思ってるでしょ？　それがね――もしかしたら人気が出るかもしれないの」アンナは忙《いそが》しくフライパンを動かしながら、おとうさんがこっちを見ているのに気がついて「なあに？」ときいた。

「『なあに』とはなんだ？」おとうさんはついに爆発《ばくはつ》した。「まったく信じられん。息子《むすこ》をつれたまま、ほとんど丸一日、音沙汰《おとさた》なかったんだぞ。こんなに遅《おそ》く帰ってきて、しかもあのうるさいババアにきみがあやしいバイク乗りについていったといわれて……」

「バイク乗り？」アンナはふしぎそうな顔をした。

「黒い革《かわ》ジャンの男だ」

「ああ、そのこと！」アンナはクスっと笑った。

「こっちは少しもおかしくないぞ！」おとうさんはどなった。「なにをしてたのか、ちゃんと話してみろ」

「わかった、話すけど……。バイク乗りだなんて！」アンナはまた笑いだした。「ジョージっていうの。黒い革ジャンっていうのは、アルマーニの特別限定品《げんていひん》よ。新車の銀のアウディにピッタリなんだから」

「だったら、そのジョージはいったいなに者だ？」おとうさんの声が今度はひどく心配そうなトーンに変わった。

「ジョージは新しく出る主婦《しゅふ》向け雑誌《ざっし》の編集長《へんしゅうちょう》なの。主婦向けといっても料理や収納術《しゅうのうじゅつ》とかの家事や芸能《げいのう》ネタじゃなくて、ファッショナブルでデザイナーズブランド中心なのよ」

アンナはちがう国の言葉を話してるみたい。アンナ自身が別人に見える。顔は輝《かがや》き、目をきらめかせ、髪《かみ》のはね具合までちがってみえる。顔をあげて、胸《むね》をはって、立ち方やなにからなにまで、全身が自信に満ちている。ジョージが魔法使《まほうつか》いで、アンナを舞踏会《ぶとうかい》のシンデレラに変えちゃったみたい。

次の瞬間《しゅんかん》、アンナは卵《たまご》のことを思い出し、あぶないところで火からおろして、エッグに夕食を食べさせた。

「そのジョージがどうしたの？　ねえアンナ、雑誌《ざっし》で仕事をするの？」

「そうなの！　もちろんフリーランスでね。だからエッグとも今までどおりいっしょにいられるわ」自分も卵をトーストにのせて食べながら、アンナがいった。

「だけどきみには、ジャーナリズムの経験《けいけん》なんてないじゃないか」と、おとうさんが口をはさんだ。

「そりゃそうよ。わたしの仕事はデザイナーなの」アンナは誇《ほこ》らしげにいった。「聞いてエリー、セーターが認《みと》められたのよ！　初めは、エッグが着てるのを見て、どこで買ったのかきかれたの。自分で作りましたっていったら、パターンを教えてほしいっていわれて、絵柄《えがら》をクロスステッチでスケッチしてから編《あ》みあげるって説明してたら、興味《きょうみ》を持ってくれてね。それで撮影《さつえい》が終わってから――もっとも、エッグはとっくに終わってたけどね。あの子ホントに悪かったんだから――雑誌のオフィスに寄《よ》って、セーターのことをもう少し教えてもらえないかって話になったの」

「それでのこのこ出かけていったのか？　今日は土曜だぞ。オフィスはしまってるじゃないか」

「ジョージは編集長《へんしゅうちょう》よ。自分のオフィスには好きなときに出入りできるわ」

「それにしても、そんなに簡単《かんたん》に話に乗せられて、少し軽率《けいそつ》だぞ。別の目的があったらどうするつもりだ」

アンナは首を横にふった。「自宅《じたく》におじゃまするわけじゃないのよ。ブルームズベリーのオフィスは、ピカピカでステキだったわ」

「はるばるロンドンまで行ったのか？」

「そうだよ。ジョージの車に乗ってってったんだ。それからプレイステーションで、ゲームさせてもらったんだ。オレ三面までクリアしたんだぞ」口に黄色い卵《たまご》が詰《つ》まったまま、エッグがしゃべりはじめた。

「エッグ、口の中に入れたままお話ししちゃいけません。あと、ヨーグルト食べる？　それでね、いろいろビジネスの話をしたというわけ」

「そのあいだこっちは心配させられたわけだ。せめて電話のひとつもするべきだろう」おとうさんはなおもねばった。

「それはそうだけど、『主人が心配してるので、電話をお借りします』なんていえる？　ビジネスの場ではおかしいでしょう？」アンナは腕組《うでぐ》みをするとおとうさんに向き直った。

「あなたとエリーを心配させて申《もう》し訳《わけ》なかったわ。だけどわたしは、責任《せきにん》ある大人としてふるまったつもりよ。だから、そんな言い方はしてほしくないわ。喜んでくれると思ったのに。ずっとチャンスを待ち続けてきたのよ。サラが自分のブランドを持つと聞いて、本当にうらやましかった。美術《びじゅつ》学校で学んだことは全部ムダだったのかなって思ったわ。仕事がないことがどんなにミジメか、あなたにはわからないのよ」

「きみは家族といて――ぼくやエリーやエッグの世話をしてじゅうぶん幸せなんだと思ってたよ」

「もちろんよ……でも、仕事との両立ができないわけじゃないはずよ。エッグも学校に入ったことだし」

「じゃあジョージは、アンナのデザインを本気で契約《けいやく》したがってるのね」わたしがたずねた。

「今までに作ったものの、スケッチがほしいとたのまれたの。もちろんキャラクターものは使えないでしょ？　だから動物を使って、その場でいくつかデザインしたのよ。ブタの親子とか。子ブタはストライプのちっちゃなTシャツを着てるの！　あと、牝牛《めうし》の牛乳屋《ぎゅうにゅうや》さんがオレンジ色のカートを押《お》してるのとか、おばあちゃん羊がセーターを編《あ》んでるのとか、ひよこがエナメル細工のイースターエッグを作ってるところとか。ジョージに、それを全部パターンにして、編み方のガイドもつけてくれってたのまれたわ。もちろん完成品もね。時間がなければ、ひとりかふたり人を雇《やと》ってもいいって。肝心《かんじん》なのはデザインだから。それからサッカーボールの色を使ったセーターとお揃《そろ》いのカーディガンとか、軽くてつやのあるコットンのジャージを使ったお日さまの模様《もよう》のセーターとか、ダブルニットの厚手《あつで》のセーターに雪だるまの模様とか、レインボーカラーのセーターで、前は太陽、後ろは雨のとかね。自分でもおどろいたことに、いったんデザインをはじめると、あとからあとからアイディアがわいてきて、止まらないの。ひとつのデザインに、五百ポンド払《はら》ってくれるのよ。信じられる？　しかもそれはスタートの話で、レートもあげられるし、ほかの商品にも転用できるかもしれないって」

アンナ自身が、はるか上空にのぼってしまったようだ。おとうさんは心配そうにアンナを見つめている。アンナが今にも窓《まど》から飛び出して、広く青い空の彼方《かなた》に飛んでいってしまうとでもいうように。

5 Good Times

幸せな時間

次の日の学校では、まったく集中できなかった。頭の中の、隅《すみ》から隅まで、ひとつの言葉がかけめぐる。ラッセル！　カレも、今ごろわたしのこと考えてる？？？
最後の授業《じゅぎょう》では、とくにラッセルのことばかり考えていた。二時間続きの美術《びじゅつ》の時間。
美術の先生は、若《わか》くて超《チョー》カッコいい、大好きなウィンザー先生だ。先生の聞かせてくれる、美術史や女性《じょせい》画家の話とか、歴代の画家によって描《えが》かれた女性の肖像画《しょうぞうが》の変遷《へんせん》についての話はとてもおもしろい。いつもなら、ひと言ひと言聞きもらさないようにして、イイとこ見せようと必死だけど、今日はダメ。先生の声が、ＢＧＭみたいに遠ざかる。ブレイクの水彩画《すいさいが》やピカソの油絵で、神話をモチーフにしたものを見せてくれたときでさえ、集中できなかった。マグダとナディーンは、ブレイクの作品で、三人の乙女《おとめ》が寄《よ》りそっている、ヘカテの図が気に入ったみたい。ヘカテは「三」を象徴《しょうちょう》する女神《めがみ》なんだって。先生はそのほかにも、いろいろなギリシャの神々を紹介《しょうかい》してくれた。

「今度は、自分を神話の登場人物に見立ててごらん。思い切り想像力《そうぞうりょく》を働かせて」先生はそういって用紙を配った。「ブレイク流に黒インクと水彩《すいさい》を使ってもいいし、ピカソ流に油絵具で描《か》いてもいいよ」

マグダとナディーンは、三人の紙をテープで合わせて、ヘカテを共同制作《せいさく》しようといいだした。

「いっしょに描こう！」と、マグダがいう。

「いちばん上手《じょうず》なエリーがボディを描いて、あとはひとりずつ頭部を仕上げたらどうかしら。さ、エリーまん中に座《すわ》って」、とナディーンにもいわれたけど、わたしはちょっとためらった。ホントいうとあまり気が進まない。ひとりで勝手に女神のテーマに取り組みたかった。

「エリー?」マグダがこっちを見た。

「エリー?」ナディーンもこっちを見てる。

ふたりとも、いったいどうしたの? という顔をしてる。

なんだか悪い気がしてきた。ふたりを傷《きず》つけるようなことはしたくない。「了解《りょうかい》了解。テープはどこ?」

運のいいことに、ウィンザー先生も共同制作に関してはわたしと同じ意見だった。

「今回はナシにしよう。三人がはなれがたいのはわかる。だけど個人《こじん》作品に取り組んでほしいんだ」

がっかりしたふりをしてから、自分の作品に取りかかった。すっかり夢中《むちゅう》になって、ほかの子がなにを描いてるか見もしなかった。終業のベルがなるまえに、ウィンザー先生がみんなの進み具合を見てまわった。

「ナディーン、気に入ったよ」と、先生が笑った。

手を止めてのぞきこむと、ナディーンは人魚になった自分を描いていた。長い黒髪《くろかみ》が裸《はだか》の上半身を悩《なや》ましげに覆《おお》い、青みがかった明るい緑色の尾《お》には水兵や錨《いかり》や船のタトゥが海の藍色《あいいろ》で描《えが》かれている。

「先生、わたしのはどうですか？」マグダが熱心にたずねた。先生の目をじっと見つめて長いまつげでまばたきながら。男の人なら――年寄《としよ》りだろうが、若《わか》かろうが、ダサかろうが、カッコよかろうが――だれと話すときにもこれがマグダのスタイルだ。だけどウィンザー先生のことは、マジで特別に思ってるみたい。

先生はマグダの絵を見て、それからマグダのほうを見た。先生のほうも、マグダのことを特別に思ってるみたいな目だ。わたしもマグダの作品を見ようと首をのばした。ナディーンはわたしと同じくらい美術《びじゅつ》が得意だけど、マグダは絵そのものはたいしてうまくない。でもマグダの場合、アイディアがすごい。自分を不死鳥《フェニックス》に見たててる。マグダのまっ赤な髪《かみ》の毛がフワフワの羽で表現《ひょうげん》され、炎《ほのお》から飛び出していくところが描かれていた。

「すごくいいアイディアだね、マグダ」ウィンザー先生がいった。「感激《かんげき》だよ。だれかのマネをしただけのものが多いけど、きみたちはちがう。ふたりの作品は教室にはらせてもらうよ。さてと、エリーはどんな調子？」

ウィンザー先生はわたしの席の後ろに立つと、しばらく黙《だま》っていた。やっと口にした言葉は「これは妙《みょう》だな」。

「なにが？」マグダがのぞきにきた。「エリー、すごくいい！　こんなふうに描《か》けたらなあ」

「モデルがエリーそっくりだわ。描いてる画家のほうはだれかさんにそっくり」ナディーンもそういってつっついてきた。

「ウィンザー先生は気に入らないんですか？　あたしなんかマネできないほどうまいじゃないですか」マグダがいった。

「たしかに、よく描けてるけど……」

わたしが描いたのは、ポーズをとってモデルになっている自分。スケッチしているのはラッセル。先生が見せてくれたピカソの構図《こうず》によく似《に》てる。ピカソのモデルは全裸《ぜんら》だけど、さすがにヌードの自画像《じがぞう》を描く気はない。ピカソの作品では画家までなにも着ていない。

だけどラッセルのヌードなんて描《か》けるはずない。突然《とつぜん》、ラッセルが服をぬいだところを想《そう》像《ぞう》して顔が赤くなった。

「どうしてエリーが女神《めがみ》なんだい？」先生がたずねた。

どういう意味だろう？　自分を女神に見立てるなんて、どういう神経《しんけい》してるんだってこと？　ただのまんまるなガキのくせに、女神像《にょしんぞう》のモデルなんてありえないっていいたいのかな？

わたしはぶつぶつ言《い》い訳《わけ》した。「女神がフツー美人だっていうのは、わかってるんですけど……まあ一種の創作《そうさく》っていうか……」

「女神は思うとおりに描けばいい。ぼくがいいたいのは、なんで絵筆をにぎってるのがエリーじゃないのかってことだよ。なにもしないでポーズをとってるなんて」

これってお世辞だよね。わたしはわれに返ると、紙を裏返《うらがえ》して残りの十分間で三人の女神を描いた。メガネをかけて神妙《しんみょう》な面持《おもも》ちのわたし、色っぽいファッションで、首をかしげたマグダ、そして夢《ゆめ》見る表情《ひょうじょう》で遠くを見つめるナディーン。マグダとナディーンは大満足、そしてウィンザー先生もニッコリしてうなずいた。

「それも壁《かべ》にはり出そう」終業のベルが鳴った。「さあおしまいにしよう！　それじゃあ、みんなお帰り」

そんなこと、いわれなくても帰るってば。ああ、やっとラッセルに会える！　ナディーンも帰りたがってるのに、マグダときたら、まだ美術室《びじゅつしつ》のまわりをうろうろして、先生が荷物を片《かた》づけたり、車の鍵《かぎ》をガチャガチャいわせたりするのを見てる。

「わー、カワイイ！　先生、そのテレタビーズのキーホルダー、イイですね。あらっ、ティンキーウィンキー！　大事なバッグはどうしたの？」

「まったくしょうがないな。ぼくがあまりカタくもうるさくもなくて、よかったと思えよ」先生はそういってマグダを美術室から追い出そうとした。

「だって先生って先生じゃないみたいだもん。プレスコット先生やディルフォード先生やパルジテール先生が、テレタビーズのキーホルダなんて想像できません」

「たしかに、カッコいいとはいえないね」

「先生、テレタビーズはよくご覧《らん》になりますか？」

「さっきから何度もいってるんだけど、もうとっくにサヨナラの時間だよ」

「それって〈アンディ・パンディ〉のせりふでしょ？　ウチのおばあちゃんがよく見てました。おかあさんのお気に入りは〈クランガーズ〉なんです。先生には、テレタビーズが好きな小さいお子さんがいるんですか？」

「小さいお子さんだって？　ぼくは結婚《けっこん》もしてないよ。ほら、さっさとウチに帰りなさい」

マグダはやっと美術室《びじゅつしつ》からはなれた。そしてほとんどスキップしながら校庭に出た。

「ちょっとあんたたち、今の聞いた？　先生、結婚してないんだって！」

「マグダ、あんたどうかしたんじゃないの？」

「マグダ、いくらなんでも先生は無理よ」

「なんでよ？　だってあの人何歳《いくつ》だと思う？　たかだか二十代でしょ。それくらいの年の差ならだいじょうぶよ」

「信じられないわ！」

わたしは口をはさんだ。「あ、わたしもう行かなきゃ。ラッセルとマクドナルドで待ち合わせしてるんだ。遅《おく》れたら、今度はこっちがすっぽかしたって思われちゃう」

するとナディーンが、「あーあ、なんだかわたしだけ取り残された気分！　最初はエリーが、ラッセルのことで舞《ま》いあがったり落ちこんだりでしょ、そして今度はマグダがウィンザー先生にすっかり夢中《むちゅう》。まともなのはわたしだけ……」

「ナディーンにそんなことといわれたくないよ！　リアムとのことを忘《わす》れたの？」

ナディーンの顔が一瞬《いっしゅん》引きつった。わたしはくちびるをかんで、いわなければよかったと後悔《こうかい》した。

「ゴメン、ナディーン……」わたしはナディーンの手をぎゅっとにぎった。

「あの性悪《しょうわる》のリアムは、もう過去《かこ》のことなんだから」マグダもきっぱりいい切った。

ところが校門の外に、まさにリアムその人が立っていた。

リアムはこっちを見てる。全身黒でキメて、あいかわらず超《チョー》目立ってる。髪《かみ》はセクシーに額《ひたい》にかかり、黒い瞳《ひとみ》が輝《かがや》いて……。

もともと血色がよくないナディーンの顔はもうまっ白。今にも倒《たお》れるんじゃないかと思うくらい。ナディーンは震《ふる》える足を一歩ふみ出した。わたしはナディーンの片方《かたほう》のひじをつかんだ。

「ナディーン、だいじょうぶだから。心配しないで。わたしたちがいっしょだよ」

マグダももう片方を支《ささ》えた。

「アイツ、よくも図々しく！」

「なにしに来たのかしら？」ナディーンがささやいた。

「学校のまわりをウロウロさせるわけにはいかないよ」わたしは鼻息も荒《あら》くイカった。

「ヘンダーソンにいいつけてやる」

「そうだよ。ヘンダーソンは過激《かげき》な女性解放主義者《じょせいかいほうしゅぎしゃ》だもんね。ホッケースティックで、急所に一発お見舞《みま》いしてくれるよ」マグダがそういってクスクス笑った。

だけどナディーンは笑わない。

「わたしに用なのかな？」

「だとしても、話すことないよ！　だいじょうぶだって。いっしょに校門を出て、アイツのこと無視《むし》してやろう」マグダがいった。

「そう、絶対《ぜったい》あっちを見ちゃダメだよ！」

それでも、ナディーンの目はリアムに釘《くぎ》づけだ。

「またアイツに会いたいなんて思ってないでしょうね？」わたしはナディーンを問い詰《つ》めた。

「ナディーン、アイツの仕打ちを思い出してもみなよ。あんただけじゃなく、ほかの子みんながどんな目にあったことか」マグダがいった。

「そうね」ナディーンはそういって、「わかった。無視してまっすぐ通り過《す》ぎる。急ごう！」

わたしたちは歩きはじめた。だんだんリアムが近くなる。リアムはまっすぐこっちを見てる。黒い瞳《ひとみ》がナディーンを鋭《するど》く見つめてる。

「なんにも考えちゃダメ。なにいわれても無視すること」マグダがささやいた。

「クローディアの歌を思い出して。**あの人のこと考えるのはもうやめて。思い出も哀《かな》しみも、いらない、いらない、いらない……**」わたしは小さく歌った。

ナディーンは深呼吸《しんこきゅう》するとそのまま歩き続けた。声は聞こえないけどくちびるが動いてる。きっとクローディアの歌を声に出さずに歌ってるんだ。

ついにリアムのいるところまできた。わたしたちは校門を通りぬけた。接着剤《せっちゃくざい》でくっついてるかのように、三人はぴったりそろって歩いた。ヘカテの女神《めがみ》の大行進だ。

「やあ、ナディーン」リアムが声をかけてきた。マグダとわたしのことは、棒切《ぼうき》れかなにかのように無視《むし》してる。わたしたちはナディーンをそのまま引っぱっていくことに成功した。

ナディーンはひと言も返事をしなかったし、なんとかリアムのほうを見もしなかった。わたしたちはリアムの横を急いで通り過《す》ぎた。

「まだこっち見てるわよ」マグダがいう。

「急ごう！」

わたしたちは曲がり角まで、ほとんどダッシュした。マグダがゼエゼエいいながら後ろをふり返った。「もうだいじょうぶ。まだ立ってるよ。並《な》みの図太さじゃないね！　だけど、ナディーンがアイツにイカれた気持ちがわからなくもない。あのルックス。ジーンズの下のオシリがキュと引きしまってさ！」

「マグダ、いいかげんにして！」わたしはぴしゃりと切り捨《す》てた。

ナディーンはあいかわらず黙《だま》ったままだ。

「だいじょうぶ？」

やっと小さくうなずいた。

「まさか、まだアイツのことが忘《わす》れられないんじゃ――」

「もうすんだことよ。クローディアの歌のとおり」ナディーンはいい切った。

「パパがチケットを取ってくれてホントによかった」マグダが急いで話題を変えようとした。「売り切れ寸前《すんぜん》だったんだって。コンサートは二十九日。金曜の夜。女の子だけでとびきりのお出かけといこうよ」

「ホント、ステキだろうね。すっごく楽しみ」わたしもいった。

「クローディアなら、自分を利用しただけの男なんて、きっとふり向きもしないわね」ナディーンがつぶやいた。

「そうだよ、そんなの時間のムダだよ」わたしは「時間」といって、あわてて時計を見た。

「ヤダ、遅《おく》れちゃう！　本当にダッシュしなきゃ。わたしがいなくてもだいじょうぶ？」

「心配ないよ、エリー。ナディーンちまで送ってくから」マグダがいった。「そうだナディーン、いっしょに宿題やろうよ」

「いけない、数学！　明日の朝いちばんで、写させて」

「あんたはラッセルにたのめば？　結構《けっこう》頭よさそうじゃない」

マグダのコメントを喜ぶべきかはちょっと微妙《びみょう》だ。頭がいいのは悪いことじゃない。おまけに美術《びじゅつ》の才能《さいのう》があるというボーナスポイントもある。だけどマグダはラッセルのことを、リアムのように「カッコいい」とはいってくれない。

自分はどう？　ラッセルをカッコいいって思ってる？　待ち合わせ場所まで走るあいだ、

必死で思い出そうとした。一日じゅうラッセルのことばかり考えていたのに、もう少しで会えるという今になって、顔さえ思い出せない。しかたがないから、何度も自分が描《か》いたラッセルのポートレイトを思い出してみた。

そのときショーウィンドウに映《うつ》る自分の姿《すがた》が見えた。わたしはどう見えてるんだろう？着がえを持ってくればよかった。こんなダサい制服《せいふく》じゃどうしようもない。スカートは短すぎるし、足は太すぎる。おまけに髪《かみ》は、電気ショックでも受けたみたいに根元からつっ立ってる。しかも今日はランチでスクールセーターにヨーグルトをこぼした。わたしはスクールバッグを下におろすと、ブレザーをぬぎ、それからセーターをぬごうと必死でもがいた。すると鋭《するど》い口笛とはやし声が聞こえた。アレン中学の七年生の男どもだ。

わたしは落ち着いたふりをして、嘆《なげ》かわしいというようにため息をついた。じつは顔が赤いけど。

「オーイ、カノジョー。ブラウスのボタンがはずれてるヨー……アレがまる見えヨー！」

ひとりが大声でいった。

どうしよう。こんなのウソに決まってる。だけど絶対《ぜったい》の自信はない。もしウソじゃなかったら……。

わたしは思わずブラウスを見た。ボタンはちゃんと止まってる。七年のガキどもはドッと笑った。もうガマンできない。思い切り品の悪いジェスチャーをすると、バッグをひったくって立ち去った。それにしてもセーターを着てないと不安だ。たまにボタンがはずれることもある。ブラウスは胸《むね》がキツくて引きつっている。だからって、ちっともセクシーじゃない。ぶかっこうな砂糖《さとう》の袋《ふくろ》をふたつ、シャツの下に押《お》しこんだみたい。こんなに急いだうえに、アレンのバカどもまで相手にして、汗《あせ》クサくなってたらどうしよう。デオドラントを持ってくるんだった。もう一度巻《ま》きもどして、なにもかもやり直せたら。だけどホントは、早送りでもして急がなきゃならない。思ったより、ずいぶん時間がかかってしまった。

ラッセルに、おとうさんが手紙をわたさなかったと思われたかも。それとも、もう愛想をつかされてたりして。おとうさんがあの手紙をわたさないほうがよかった？　どうしたんだろう？　一日じゅう、会うのが待ち遠しかったのに、今になって急にこわくなるなんて！　てのひらはじっとりと汗ばみ、ブラウスは体にはりつき、舌《した》はヒリヒリする。胃が痛《いた》い。死にそうなくらいトイレに行きたい。頭の中で、ビーッ、ビーッ、ビーッとブザーが鳴り響《ひび》いてる。もうなにも考えられない。ラッセルに会ったらなんていおう？

こんにちは、ラッセル。ハーイ、元気？　こんなところで会うなんて。遅《おく》れてゴメンね。わたしのこと覚えてる？　こんにちは、こんにちは、こんにちは。もしもし、もしもし、どちらさまですか？

ああ、どうしよう。ホントにどうかしちゃった。もう、フラワーフィールド・ショッピングセンターだ。エスカレーターをおりれば、マクドナルドは目の前。心臓《しんぞう》がバクバクいってる。ラッセルだ。あちこち見まわして、だれかを──そう、わたしを探《さが》してる。

ラッセルがこっちを見た。一生懸命《いっしょうけんめい》手をふってる。あんまり大きくふりすぎて、コーヒーカップを倒《たお》しちゃった。わたしはかけよると、紙ナプキンでこぼれたコーヒーをふきはじめた。

「またやっちゃった！」ラッセルがいう。「ここに座《すわ》って、カッコいい再会《さいかい》のあいさつを練習してたのに、きみを見たとたん、コーヒーをこぼしてびしょぬれになっちゃった。これじゃ、サイコーのあいさつとはいえないね」

「だけど、サイコーにホットなあいさつとはいえるかもよ」わたしはビショビショになったナプキンを捨《す》てて、また新しいのでふきはじめた。ラッセルのひざにもコーヒーがかかってるけど、ズボンをふくのは気がひけた。

「冷めてて助かったよ。ずいぶんまえからここにいたからさ」

「ゴメンなさい、遅《おそ》くなっちゃって。来ないかと思った？」

「正直、自信はなかったよ。きみんちのおとうさんも、最初はすごく怒《おこ》ってたし。だけど、手紙をわたしてくれないような人には見えなかった。それにしても、きみに来る気があるかどうかもわからなかったし。どうしようもないヤツだと思っただろう？　クソ親父《おやじ》に家から出してもらえないなんてさ。まったく屈辱的《くつじょくてき》だよ」

ラッセルは、絶望《ぜつぼう》の表情《ひょうじょう》を作ってみせて、今度はスケッチブックをふきはじめた。

「絵にもかかった？」

「だいじょうぶだと思う。ひとつやふたつは、セピアカラーのシミがついたかもしれないけど。今日は開いてなかったしね。カッコつけてると思われたくなかったから。だけど、描《か》くのはぼくのいちばん――イヤ、やっぱり二番目に好きなことなんだ」

「じゃあいちばんは？」

「エリーとキスすること」ラッセルがそういうと、ふたりともまっ赤《か》になった。

「コーヒーを買ってくるよ。ぼくもおかわりする。なにか食べる？」

ふたりはフライドポテトを食べた。仲良く、一本一本順番に。

「ウチを探《さが》しまわったってきいて、びっくりした」

「悪いとは思ったんだ。だけどほかに方法がなくてさ」

「すごくロマンチック」

「サイコーにロマンチックだよ。今日だって、あのどうしようもない石頭の親父のせいで、まともなデートにさそうこともできない。物理的には、親父になにをいわれようが、どこへ出かけるのも、なにをするのもぼくの勝手だよ。そもそもケンカをすれば、ぼくのほうが強いわけだから。だけど、向こうはきたない手を使って、いわれたとおりに「謹慎《キンシン》」しないなら、もうウチにはおけないっていうんだ。だからといって、母親のところにはもどりたくない。母親はアネキと組んで、女の園《その》って感じで暮《く》らしてる。口にすることといえば、親父《おやじ》の悪口ばかり。しかもぼくが、男ならだれでもするごくフツーのこと——たとえば、トイレの便座《べんざ》をあげたままにしておくとかサ——をしようもんなら、親父そっくりだって、メチャクチャこきおろすんだ。さすがにムカつくよ。だから、理想の家なんかどこにもないのさ。両親が別れてしばらくは、ふたりのあいだを行ったり来たりしてた。一週間母親と過《す》ごしたら、小さなスーツケースをもって、今度は父親のところで一週間ってね」

「同じような境遇《きょうぐう》の女の子の話を読んだことがあるわ」わたしはラッセルに同情《どうじょう》した。

「ずいぶんツラい思いをしてきたんじゃない？」

「きみの気をひこうとして、大げさにいってるだけかもよ」

「そのくらいの権利《けんり》はあるよ。ただしお返しに、ウチの家族問題についてもグチらせてくれるならね」

わたしも思い切り家族の悪口をつらねた。だけどアンナのことはちょっと後ろめたい。最近はとてもやさしかったから。おとうさんも理不尽《りふじん》な鬼《おに》の面《めん》をはずしてるし、どうしたことか、エッグでさえ、この二、三日はすごくイイ子だ。アンナのセーターのデザインを手伝うつもりで、モンスターやモンキーやタンクローリーやトラックや消防車《しょうぼうしゃ》なんかの絵を山のように描《か》いている。

「まあ、どうしようもない家族、とまではいわないにしても」わたしはこんなふうにしめくくった。「だけど、早く十八歳《さい》になりたい。ナディーンとマグダとわたしの三人でアパートを借りるんだ。三人とも美術《びじゅつ》学校に行くかもしれない。ただしウチの父親のところはゴメンだけど。そうだ、スケッチブック見せて」

自分のスケッチがあるといいな、と思ってたんだけど……あった！　しかも何枚《なんまい》も。マグダとナディーンと三人で、腕《うで》を組んで歩いてるわたし、バスの中でおしゃべりしてるわたし、公園でラッセルと手をつないで歩いてるわたし。絵の中は実物よりかなり美化されてる。髪《かみ》はモジャモジャのかわりに流れるカール、体重はかなり少なめ、身長はかなりつけたして、ファッションもデザイナーズブランドふうだ。しかもラッセルは、自分もかなり美化している。身長も筋肉《きんにく》もかなりつけたされて、制服《せいふく》を着たオリンピック選手みたい。髪も実際《じっさい》よりセクシーに乱《みだ》れて、顔は、ダブルキャストがつとまるくらい、レオナルド・ディカプリオそっくりに改造《かいぞう》されている。

「こうだったらいいのにねってヤツね」わたしが笑うと、ラッセルは少しムカついた調子で、「どういう意味？」ときいた。

「だって、これはわたしたちじゃないよ」

「そんなことないさ。少なくともきみはそのままだよ」

「ウソばっかり！　それに公園だって全然ちがう。これじゃ、バラの咲《さ》くロマンチックなあずまやだよ」

「たしかに、芸術的《げいじゅつてき》観点から少しは手を入れたかもしれない。だけどモンクをいうなら今すぐあの公園に行こう。本物そっくりに描《か》いてみせるから」

「いいわよ。スケッチのお手並《てな》み拝見《はいけん》ってわけね」

「エリーもいっしょに描こうよ。さあ、もうポテトはおしまいにして出かけよう」

「だけど、ふたりとも早く帰らなきゃ。このあいだみたいなめんどうはゴメンだわ」

「まだ四時半にもならないよ！　親父《おやじ》には、美術クラブに寄《よ》るっていってある。美術の先生がすごくいい先生で、放課後たまに残るんだ。どっちみち、親父とシンシアが仕事からもどるのは六時半過《す》ぎだから、バレっこない」

「ウチのおとうさんは、早い日は五時には帰ってくる。しかも、アンナがエッグとウチにいるわ」

「そっちも、美術クラブがあるってことにできない？」

「できなくはないかも。このまえウィンザー先生が、近いうちに作るっていってたから。こっちの先生もサイコーなの。マグダなんか、かなりマジで熱をあげてる。今日も先生の気をひこうと、魂胆《こんたん》見え見えにチャラチャラまとわりついてたんだよ。先生のほうも悪い気はしないみたいで」声のトーンにちょっとトゲがあった。先生に夢中《むちゅう》なのは、なにもマグダだけじゃない。美術命《びじゅつイノチ》のわたしこそ、わたしの先生ってひとりじめする気分でいた。だけどウィンザー先生は、わたしにはマグダといるときみたいな笑顔《えがお》をみせてくれない。

「いつだって、だれだって、マグダにばかり夢中なんだから」

「ぼくはちがうよ」と、ラッセルがいった。

「ホントに？」聞き返す声に思わず力が入る。

「うん、全然。そりゃ、あの子はいっしょにいて楽しいし、カワイイとは思うよ、だけど……」

「だけど？」

「少しわざとらしいかな。あの作り笑い攻撃《こうげき》とか」

「失礼ね、マグダは友だちよ」と、抗議《こうぎ》しながら、心のどこかでは意地悪な自分が有頂天《うちょうてん》になって喜んでいる。

「わかってるって。きみたち三人はほとんど三位《さんみ》一体だもんね」

「じゃあ、ナディーンはどう？　あの子は作り笑いなんかしないよ」

「たしかにそうだけど、あの子は独特《どくとく》の世界を持ってて、ちょっと近寄《ちかよ》りがたいよ。ナディーンはイイし、マグダもイイ、だけどエリー、ぼくが好きなのはきみなんだ」

ああ、生涯《しょうがい》サイコーの瞬間《しゅんかん》――それなのにラッセルの言葉から連想してしまうのは、ミュージカル映画《えいが》〈グリース〉でジョン・トラボルタが歌った一節。ラッセルも同じことを考えたらしく、テレ笑いしながら歌ってみせた。

「ぼくが好きなのはきみだけさ」

「ウォ、ウォ、ウォー！」わたしもコーラスを歌って、大笑い。

バスの中では、昔の映画の話で盛《も》りあがった。意見が合ったり合わなかったり。たとえばラッセルは〈スターウォーズ〉オタクといってもいいくらいだけど、わたしはあんなの退屈《たいくつ》だと思ってるし、こっちの好きな〈若草物語《わかくさものがたり》〉は、反吐《へど》が出そうだといわれてしまった。わたしのいちばん好きな映画は〈ピアノ・レッスン〉なんだけど、もしバカにされたらきっと立ち直れない。映画の中のフローラとエイダの母娘《おやこ》関係が、遠い記憶《きおく》の中の、おかあさんとわたしのように思えていたから。だけどラッセルも〈ピアノ・レッスン〉は大好きだといってくれた。ボンネットとペチコートに身を包んだ主人公がむき出しのピアノと荒《あ》れた海辺に立ちつくすシーンとか、奇妙《きみょう》で幻想的《げんそうてき》な忘《わす》れられない作品だという。ラッセルには独特《どくとく》の映画論《えいがろん》があるみたい。お気に入りの監督《かんとく》は——いかにもだけど——タランティーノ監督だ。ラッセルがサントラの一節を口ずさむのに声を合わせると、すごく喜ばれた。映画の最初のシーンにもどって、ふたりでピストル強盗《ごうとう》のものまねをした。リアルにやりすぎて、前のほうに座《すわ》ってるおじいさんなんか、本物の強盗かと思って飛びあがるし、さえない中年のおばさんにも言葉づかいを注意されてしまった。

だけどかまわない。もう、次のバス停でおりるところだから。公園に着いてもまだ笑いが止まらなかった。古くてみすぼらしい公園は、ロマンスのかけらも感じられない姿《すがた》を日の光にさらしていた。ラッセルのスケッチブックの魔法《まほう》がかかっていればよかったのに。チビッコの泣き声や、ママたちのどなり声が聞こえ、向こうでは浮浪者《ふろうしゃ》がブツブツいっているし、スナック菓子《がし》のやぶれた包装紙《ほうそうし》が風にはためき、芝生《しばふ》には犬の糞《ふん》がころがっている。

「幻想的イメージにはほど遠いわね」

「向こうの木のほうに行ってみよう」

だけど、そこにも先客がいた。ひとりはフードを目深《まぶか》にかぶり、まわりのヤツらもあやしい雰囲気《ふんいき》で、どうみてもクスリの取り引きかなんかのまっ最中だ。

「どうやらここも近づかないほうがよさそうだね。どうしよう？」

結局、わたしたちは公園から出て、古びた貸《か》し農園の近くまで来た。キャベツを植えたらしく、すっぱい悪臭《あくしゅう》がプンプンしている。わたしたちはなるべくにおいを吸《す》いこまないようにしながら、向かい合っておたがいの顔を見つめた。こんなに明るくて、しかもお年《とし》寄《よ》りやオーバーオールの女の子が土を掘《ほ》ってるすぐ近くで、どうしたらキスなんかできる？　だけどラッセルはあたりを見まわすと、わたしのほうに歩み寄《よ》った。ラッセルのふたつの目が近づいてひとつに重なり、くちびるがわたしのくちびるにそっとふれた。最初は顔の角度が合わなくて、メガネが鼻に押《お》しつけられて少し痛《いた》かった。でも、キスしてるうちに、もうなにもわからなくなった。目はかすみ、キャベツ畑は大輪の緑のバラ園に変わり、どなり声やさけび声も、甘《あま》い小鳥のささやきにかわった。

「また時間を忘《わす》れちゃいそう」ずいぶんたって、やっとくちびるをはなして息をついた。

「そんなこと、気にしない」ラッセルはそういうと、またくちびるをかさねた。

「気にするわ」長いキスのあとで、わたしがようやくいった。「あなたがまたしかられるのは、こまるもの」

「ぼくも、エリーがおとうさんに怒《おこ》られるとこまる。もう帰るから安心して。あとほんのちょっと。もう一度だけキスしてから」

それから、ずいぶんたくさんのキスをして――わたしたちはやっと家路についた。ラッセルはウチの前まで送ってくれて、明日また会う約束をして別れた。同じ時間に。同じ場所で。同じふたりが。同じラブストーリーをくり返す……。

わたしはワルツのステップをふみながらウチに入った。アンナならきっと、乱《みだ》れた髪《かみ》や、星を浮《う》かべた瞳《ひとみ》や、上気した顔や、はれぼったいくちびるをひと目見ただけで、全部お見通しにちがいない。ところが期待に反して、アンナはリビングのカーペットいっぱいに広げたセーターのパーツのあいだにはいつくばって格闘《かくとう》してる。キッチンのテーブルは、デザインの下書きで埋《う》もれていた。エッグは部屋の隅《すみ》に足を組んで座《すわ》りこみ、大きなキャラメルを頬張《ほおば》っている。こっちも、クレヨン並《な》みの太い編《あ》み針《ばり》とまっ赤《か》な毛糸を手に、製作中《せいさくちゅう》だ。

「ほアほア、おエ、あめウンラド！」キャラメルのよだれがあごにだらだらたれてる。

「編めてよかったね、エッグ」

「わたしのほうは、ちっとも編めやしない」アンナが嘆《なげ》いた。「ああエリー、どうしたらいいの？　なんでこんなこと引き受けたんだろう。どうかしてたわ。エリーが天使に見える。お願いだから、ひとつかふたつ、新しいデザイン考えるの手伝ってくれない？」

「だったらいっそ、天使のデザインにしたら？　前にはゴールドの光る素材《そざい》の輪のついた天使を。翼《つばさ》には羽根の感触《かんしょく》が出るようにステッチをかけて。後ろには銀色に光る角《つの》と蹄《ひづめ》の悪魔《あくま》でどうかな？」

「それ、すごくイイわ！」

わたしはその調子でアンナを手伝った。すばらしいアイディアあふれる、孝行娘《こうこうむすめ》の役どころだ。そのうちおとうさんが帰ってきた。わたしのワイルドな髪《かみ》を軽くたたくと、さりげなく、ラッセルとの短い逢《あ》い引《び》きの首尾《しゅび》をたずねた。

「会ったわよ、マクドナルドでね」

「おお！　ビッグマックのかたわらにて語られる愛よ！　とにかく、夕食までにもどればなにもいわないよ。よし、イイ子だ」

わたし自身もこの新しい役回りに満足していた。これでなんとか、ラッセルとの恋《こい》と、家庭でのイイ子との両立ができそうだ。

だけどマグダとナディーンのほうは、ワルい子にしか価値《かち》を見出《みいだ》さないみたい。次の日学校で、ラッセルとの再会《さいかい》をこと細かに報告《ほうこく》したけど、ふたりともほとんどどうわの空。放課後になって、今日もデートなんだ、と少しはうらやましがらせたかったのに、マグダもナディーンもまったく関心がない。ふたりとも、それぞれ予定があるという。

マグダは終業のベルが鳴っても帰ろうとせずに、用があるから先に帰ってといった。わたしとナディーンはまじまじとマグダを見つめた。

「どんな用？」

「マグダ、なにする気なの？」

マグダはあやしいそぶりで、「わかったわかった。じつはウィンザー先生の帰りを待とうと思ってさ」

「ちょっとマグダ、なにバカなこといってんの？」

「あの人、先生なんだよ！」

「あたしだってバカじゃないわよ。考えぬいたうえでのことなんだから。それに先生だっていうのはむしろ歓迎《かんげい》だよ。くだらない学生なんか相手にするより、ずっとマシだと思うけど」マグダはわたしの視線《しせん》に気がついた。「ゴメン、エリー！　あんたとラッセルのことをいってるわけじゃないからね」

「わかってるって」いちおう軽く受け流したけど、わざといったに決まってる。

ナディーンとふたりで説得したけど、どうしても無理だった。

「どうかしてる」わたしは腹《はら》を立てた。「みっともない。だいいちウィンザー先生が少しでもその気になるはずないじゃない。そんなことしたら即刻《そっこく》クビだもの」

「そうね」ナディーンは気がなさそうに相槌《あいづち》を打ったけど、すっかりうわの空だ。校庭まで来ると、ナディーンが息をのんだ。そのとたん、ナディーンの様子がおかしくなったわけがわかった。リアムがまた校門のところに立っているのだ。

「なにあれ！　心配いらないよ、ナディーン。わたしがついてるから」

だけどナディーンの耳には聞こえない。ナディーンの頬《ほお》はすっかりピンク色にそまってる。もしかして、わたしがいないほうがいい？

「ナディーン、あんなヤツ見ないで。さ、行こう」

「あの人、なにしに来たんだろう？」

「そんなの見え見えじゃない。気をひいて、また自分のほうを向かせようとしてるんだよ」

「あの人のこと、本当に好きだった」ナディーンが静かにいった。「最初のころはとってもやさしくて、ロマンチックで」

「だけど、結局は本性《ほんしょう》を見せたじゃないの。しっかりしてよ。もうあっちを見ちゃダメ」

次の瞬間《しゅんかん》、ナディーンはかたまってしまった。

「今度はどうしたっていうの？」ナディーンは震《ふる》えてる。わたしはナディーンの腕《うで》をつかんだ。

「あの人、わたしを待ってるんじゃないわ。見て！」

リアムは、たしかにだれかに手をふっていた。八年生の小柄《こがら》なブロンドの子が、校庭をつっきってリアムのほうにかけ寄《よ》っていく。

「信じられない！　どこまでも最低なヤツだね。ナディーン、行こう」

だけどナディーンはわたしからはなれて、リアムと八年の子をじっと見てる。リアムは、もうその子にキスしてる。なんてヤなヤツ。わざわざナディーンを傷《きず》つけようとして。すっかりヤツの思《おも》う壺《つぼ》だ。ナディーンは雷《かみなり》にでも打たれたみたいにショックを受けてる。

「とにかく、もう行こうよ」

「あの人に話がある」

「え!?　どうかしちゃったんじゃないの？」

「お願い、行かせて」

「そんなバカなことさせられないよ。いいからわたしと帰ろう、ね、お願い」

「あの子をリアムと行かせるわけにはいかないわ」ナディーンはそういって、ふたりのほうに歩きはじめた。

「ナディーン！」わたしはどなった。

ナディーンはこっちをふり返ると首を横にふって、まっすぐリアムのほうに進んでいった。こんなのあり？　いったいどうしてこんなバカなことになるの？

本当なら追いかけなきゃ。なんとしても、ナディーンをあのサイテー男から引きはなして、正気にもどるまで、どこかに閉《と》じこめておかなきゃ。だけど、今のナディーンは聞く耳をもたない。しかも、もう時間がない。ラッセルと会う約束なのに。

最後にもう一度だけトライしてみた。

「ナディーン、お願い。やめて！」

いうだけムダというものだ。今度は、ふり向きさえしなかった。なにをいってもムダだと自分にいいきかせて、わたしはラッセルとの待ち合わせ場所に向かった。頭の中では、ホラー映画《えいが》のシーンのように、リアムとナディーンが気の毒な八年生をひとり残して、どこかへ消えていくシーンがくり返し浮《う》かんできて、胸騒《むなさわ》ぎも消えない。

なんでこんなに気になるんだろう。わたしは悪いことなんかしていないのに。ナディーンのことなんか、もう考えるのはやめだ。マグダのことも忘《わす》れよう。わたしは、ただ、ラッセルのことだけを考えるんだから。

ラッセルは先に来ていた。

フライドポテトが紙ナプキンの上に「ハーイ！　XXX」の形に並《なら》んでいる。ラッセルが顔を近づけてきたので、もしかしてXの数だけキスをするつもり？　と一瞬《いっしゅん》あせった。だけど、噴水《ふんすい》のほうにいるハルマー高《ハイ》の子がちょうど目に入って、キスはおあずけになった。ラッセルは、かわりに意味ありげにうなずいてみせた。わたしもうなずき返した。ラッセルは、もう一度ゆっくりとうなずいた。これじゃまるで、ニッコリうなずく〈おもちゃの国のノディ〉のものまね対決みたい。そしてわたしはラッセルの隣《となり》にすべりこみ、フライドポテトをつまみながら、マグダとナディーンのふたりが、突然《とつぜん》わけのわからないことをしはじめたと、猛烈《もうれつ》な勢《いきお》いでしゃべりだした。初めのうちはラッセルも聞いてくれてたけど、だんだんイライラしてきたみたい。

「マグダとナディーンの話はもういいから、エリーのことをもっと聞かせてよ」

それでわたしは、自分のことを話しはじめた。ラッセルも話した。最初は、小さいころお気に入りだった服のこと。わたしのお気に入りは、ド派手《ハデ》なピンクのブリブリのスパッツと、同じくピンクの花柄《はながら》のブラウスの組み合わせで、すっかりバレリーナになりきっていた。ラッセルには大のお気に入りのジーンズがあって、何か月も、毎日毎日それればかりはいていたら、ある日とうとうバラバラになったんだって！

それから、好きな場所の話をした。ラッセルの好きなのは遊園地、わたしのお気に入りは海辺。好きな食べ物は、ふたりともソフトクリームだ。今日はアンナから少し多めにおこづかいをせしめたから、わたしのおごりで「アイスクリームのチョコレートソースがけ」を食べた。ただし、マクドナルドでだけど。その次は、お気に入りのチョコバーを熱く語り、大いに盛《も》りあがった。カレシとカノジョというより、親友みたいな感じでホントに楽しい。

しばらくすると、ラッセルがまたそわそわして、また昨日《きのう》の農園のほうへ行ってみない、とさそってきた。あんまり積極的に、「行こう」というのもどうかと思って、いちおうはためらってみせたけど、ホントはわたしも、ふたりだけになるのが待ち遠しい。公園はまたボール遊びのチビッコでいっぱいだ。でも農園にはだれもいない。ただ、手作りのカカシがこっちに手をふっているだけだ。おたがいのこと以外、もうなにも目に入らない。もうなにも考えない。ただ感じるだけ。

どんなにうっとりしていても、やはり心配しなければならないことはある。理性《りせい》のかけらもなくなってしまうまえに。

「ダメ、ラッセル。やめて」

ラッセルは、わたしのいうことをいちおうはきくけど、あきらめずに、まただきしめてくる。急にナディーンとリアムのことを思い出した。あのふたりも今ごろ似《に》たような状況《じょうきょう》なのかな？　今なら少しは、ナディーンの気持ちがわかるような気がする。それにしても、リアムの目当てがナディーンの体だけというのは救いようのない事実だ。ラッセルは、ちがうよね。

「エリー、なに考えてるの？」首すじにキスをしながらラッセルがきいた。

「なんにも。ううん、ホントいうと、少しナディーンのことを考えてた……」

ラッセルはため息をついた。「いつも、ナディーンかマグダのことを考えてるんだから」

「そんなことない」といいながら、今度はマグダのことが気になってきた。本気でウィンザー先生の家までついていって「コーヒーごちそうして」といって強引《ごういん》に中に入れてもらったのかな。まさかあのふたりも先生の家のソファで……。いくらなんでもそれはありえない、とわたしはふき出した。

「今度はなにがおかしいの？」ラッセルは、もっと強くわたしをだきしめようとした。

「なんでもない。ただマグダが――」

「やっぱりマグダだ！　いったとおりじゃないか。マグダ　マグダ　マグダ。ナディーン　ナディーン　ナディーン。まったくきみときたら、友だちのことばかり考えてる！」

「まえにつき合った子にも、わたしみたいな親友がいた？」

「うーん」ラッセルは返事をしぶった。「正直にいうと……やっぱりやめた、バカにされそうだから」

「バカになんてしないから教えて！」

「つき合うのは、エリーが初めてなんだ」

「ホントに？」

「そう。その気になれば、チャンスはいくらでもあったけどね。学校のディスコパーティでは、ずいぶんいろんな子と踊《おど》ったよ。そうだ、エリー。もうすぐウチの学校の百周年祭で、記念のダンスパーティがあるんだけど、大学並《な》みに派手《はで》にやるらしいんだ。食事もできるし、バンドもふたつ入る、ミニ遊園地も来るかもしれないよ。いっしょに来てくれる？」

「もちろん！　だけど、おとうさんは？」

「だいじょうぶ。まだ先のことさ。今月の終わりごろなんだ。親父《おやじ》のかんしゃくもそのころにはさすがに落ち着いてるだろ。それに、生徒は全員参加なんだ。パートナーがいようがいまいがね。エリーに来てもらえたら、もうサイコーだよ」

「イブニングドレスとか着ていくのかな？　襟《えり》がガバーッとあいて、スカートにコルセットが入ってるの」

「そんなんじゃない。でも、襟元がちょっとあいてるのは、ぜひ着てみたら？　きっとすごく似合《にあ》うよ。だけど、コルセットはいらないからね。そうだ、少しセクシー系《けい》のでも着てくれば？」

　わたしが？？？　ぴったりしたセクシー系の服は物理的に無理なのに……。万一着られたとしてもワイセツになっちゃう。わたしは頭の中で、ウチにある洋服を全部引っぱりだしてパニックしかけた。アンナに交渉《こうしょう》して新しいのを買ってもらわなきゃ……だけどいったいなにを？

必死にアレコレ考えたけど、キスしながらは、集中するのがむずかしい。家まで送ってもらったあと、宿題するはずが、何枚《なんまい》もの服のデザインを描《か》いてはやぶり捨《す》てた。アンナがのぞきこんできた。

「すごくイイと思うわ。だけど、全体にちょっと大人っぽいわね。十歳《さい》以下の子が着るセーターをデザインしているんだから」

今のアンナには、見るもの聞くものすべてがセーターだ。頭の中にまで毛糸の束が詰《つ》まってるみたい。アンナはウールでできた別世界に入りこんでいて、わたしたちと話してるときでさえ、目には休みなくカチカチ動く編《あ》み針《ばり》が映《うつ》っている。

わたしはマグダに電話した。ダンスの服のことで相談しようと思ったけど、留守《るす》だった。マグダのおかあさんは心配しはじめた。どうやらマグダがわたしのウチに来てると思ってたらしい。

ナディーンの家にもかけたけど、こっちも留守だった。ナディーンのおかあさんも機嫌《きげん》が悪かった。やっぱりウチにいると思ってたらしい。

どうしよう！　考えなしに、友だちふたりをこまらせるようなことをしてしまった。それにしても、こんな時間までふたりともどこでなにしてるの？　マグダはマジでウィンザー先生とラブラブなの？　それからナディーンは？　ああ、リアムのところになんか行かせるんじゃなかった。これでも友だちっていえる？

ふたりのことがマジで心配になってきた。ずいぶん遅《おそ》い時間に電話が鳴った。急いで受話器を取ると、ラッセルだった。

「ラッセル！」もう少しで「ナディーンかマグダならよかったのに」といいそうになった。ラッセルは、いい気はしないだろう。

「親父《おやじ》とシンシアが飲みに出かけたんだ。というわけで、今はぼくひとり。ホントは数学の宿題をしてるはずなんだ……」

わたしなんて昨日《きのう》の数学の宿題さえ終わってない。またマグダに写させてもらわなきゃ。フランス語のほうも終わってない。これも昨日の分からたまってる……。

「それよりエリーの声が聞きたくてさ」

「うれしい」

「今も公園でいっしょならいいのに。エリーといる時間はステキだよ」

「えーっと、わたしもそうだけど」

「なんか気のない返事だね！」

「じつは、しゃべりにくくて」

ウチの電話はリビングにある。おとうさんなんか、じろじろこっちを見てる。エッグのテレビの音がうるさいのに、わたしのひと言ひと言を聞きもらすまいと耳をダンボにしてるみたい。アンナまでカーペットの上をはいずりまわるのをやめて首をのばしてわたしを見てる。

「しゃべりにくいって?」ラッセルがたずねた。「そっか！　マグダかナディーンがいるんだろう?」

その言い方には少しカチンときた。もしマグダとナディーンがいたらどうだっていうの？

「マグダもナディーンもいない。だけど、アンナとおとうさんとエッグがリビングにいるんだ」

「それで、みんながこの電話を聞いてるっていうわけ？」

「そういうこと」

「だったら子機に切りかえればいいじゃないか」

「ウチにはそんなものありません」

「わかった。今からメールを送るよ。コンピューターは使えるよね？」

「ラッセル、ウチは現代《げんだい》社会から取り残されてるの。おとうさんの古いマックはeメールできないんだ」

「了解《りょうかい》。そうだ！　昔ながらのラブレターを書くよ。それでどう？」

「それなら問題ないわ」

「エリーも書いてくれる？」

「いいわ」

「明日、マクドナルドで交換《こうかん》しよう」

「うん」

「それじゃ、また」

「それじゃ」

「バイバイ」

「さよなら」

「さよならエリー。声が聞けてよかった」

「わたしも」

「電話して迷惑《めいわく》じゃなかった？」

「そんなことない」

「じゃあ、明日ね」

「うん」

「バイバイ」

「バイバイ」

「おい、たのむから、いいかげんに電話を切ってくれ!」おとうさんがいった。だけど顔は笑ってる。

わたしは受話器をおいて、おとうさんに笑い返した。これ以上ない満面の笑《え》みが顔じゅうに広がった。

「ラッセルはずいぶん熱心じゃない」アンナがいった。

「そーお?」幸せそうにわたしはいった。

「とにかく、おとうさんは絶対《ぜったい》反対だからな」そうはいっても、本心じゃないのは見え見えだ。

エッグは、ただひとり反対意見のようだ。

「オレ、今度のカレシ好きじゃない」と、宣言《せんげん》した。

「バカね、顔を見たこともないくせに」わたしはエッグをつかまえると、逆《さか》さ吊《づ》りにした。まえには、エッグの体を自由自在《じざい》にゆさぶることができたのに、今ではもう軽々というわけにはいかない。まだまだやせっぽちだけれど、エッグはすごい勢《いきお》いで成長している。いつの日かエッグがわたしを見おろすくらい大きくなって、あのマッチ棒《ぼう》みたいに細い腕《うで》も筋肉隆々《きんにくりゅうりゅう》になり、わたしを逆さ吊りにする日が来るなんて、どうしても信じられない。

突然《とつぜん》、おとうさんの気持ちがわかるような気がした。おとうさんにしてみれば、わたしは、小さいころから変わらない、おチビでおデブのかわいいエリーなわけで、そのわたしが男の子とデートだなんてすごく違和感《いわかん》があるにちがいない。

「オレ、そんなヤツに会いたくない。コラ、エリー！　おろせ」エッグは、まっ赤《か》になってもがき、わたしをキックした。

「よしなさい、エリー！　吐《は》いちゃうわよ」

アンナにいわれて、わたしは急いでエッグを下におろした。まえに、まともにゲボされたことがある。気持ちのいい思い出とはいえない。

「オレ、ダンが好きなのに」エッグは、わたしがまえに少しだけつき合ってた子のことをいまだに気に入ってる。

「ラッセルは、ダンの百倍もステキよ」

「それじゃ、そいつのこと愛してんだ……」エッグはヒトの顔をジロジロと見た。「そうなんだろ？　あれ、エリー、なんか顔赤いよ、どうして？」

わたしは早々に自分の部屋に退散《たいさん》した。フランス語と歴史の宿題は忘《わす》れることにした。ナディーンとマグダのことは少し心配した。だけど残りのほとんどの時間は、ベッドに寝《ね》ころんでラッセルのことを考えて過《す》ごした。

ラッセルを愛してる？

たぶんそう。

愛してる。愛してる。愛してる。

6 Bad Timing
最悪のタイミング

次の朝は、いつもより早く学校に着いて、マグダとナディーンがあらわれるのを待った。ところが、ふたりとも来るのが遅《おそ》く、席に着いたのは始業のベルのあとだった。ナディーンの顔はいつもより青白く、目の下にはくっきりとくまができている。マグダの顔はピンクに上気して、どことなくイライラして落ち着かない様子だ。しかもマグダも数学の宿題をやっていない。三人とも、あとでまちがいなく大変なことになる。
ゆうべのことを話したくても、ヘンダーソンのまえではチャンスはない。そこでわたしは手紙を書くことにした。

ナディーンへ

リアムとはどうなったの？？？

ちゃんと全部教えてよ。元気ないけどだいじょうぶ？　それから、わたしのこと怒《おこ》ってないよね？

エリー　XXX

マグダへ

ウィンザー先生とはどうなったの？？？　ちゃんと全部教えてよ。元気ないけどだいじょうぶ？　それから、わたしのこと怒ってないよね？

エリー　XXX

長い長い五分が過《す》ぎ、もうふたりとも返事をくれる気もないんだとあきらめかけたとき、やっとナディーンが、おなじみのクセのある筆記体のメモを寄《よ》こした。そしてマグダも小さい丸文字の返事を書いてきた。

エリーへ

よくもウチの母親に電話してくれたわね、許《ゆる》さないから！　当然だけど、とっても怒ってるわよ！　リアムとのことは書く気ないから。ゆうべはホントに頭に来たし、ひどい目にあった。あとでエリーとマグダに話すね。

ナディーン

エリーへ

あんたがなんにも考えないで電話したせいで、ママに言《い》い訳《わけ》するのが、ものすごーく大変だったんだから。しかも、落ちこんでるときに。ウィンザー先生とのことはきかないで。もう最悪。いつかあんたとナディーンに話すからさ。

マグダ

昼休みに体育倉庫の脇《わき》で三人だけになるのが、どんなに待ち遠しかったことか。

「ねえマグダ！　ゆうべはいったいどうなったの!?　ねえナディーン！　ゆうべはいったいどうなったの!?」

「マグダ、あなたから話してよ」と、ナディーンがいった。

「そっちが先」と、マグダが。

ナディーンが話しはじめた。「どうしてもリアムと話す必要があったのよ」わたしが思わず首を横にふるのを見て、「エリー、そんな目で見ないで。わたしがどうかしたと思ってるでしょう」

「そりゃそうよ！　マグダもそう思うでしょ？」

「なんともいえない。どうかしてるのは、あたしかもしれない」マグダは元気なくつぶやいた。

「わたしはマトモなつもりよ」と、ナディーンが続けた。「だってあの人のことなんか、もう好きでもなんともないもの。それどころか大きらいよ。たしかに最初、門のところで見たときは、複雑《ふくざつ》な気持ちだった。わたしのことを待ってるのかとカン違《ちが》いしてたし。だけどね、あの八年生といっしょなのを見たとき――ビッキーっていう、とってもかわいそうな子なんだけど――今度は猛烈《もうれつ》に腹《はら》が立ったの」

「まったく、わざわざナディーンの目の前でキスしてみせるなんて、どこまでヤなヤツなんだろう」わたしは口をはさんだ。

「そう、ビッキーにあんなことするなんて、ひどすぎる。あの子はまだ十三歳《さい》なのよ。アイツは芯《しん》から腐《くさ》ってる。わたしがすごい剣幕《けんまく》で近づいていくと、はっきりいって喜んでた。『見ろよ、ナディーン、テメエにはもうしてやらねえぜ』っていうような目でこっちを見るの。本当は、あのバカ面《づら》を思いっきり引っぱたいてやりたかった。だけど、かわりにビッキーに話しかけたの。ふたりだけで話がしたいって。はじめはビッキーも、わたしがヤキモチやいてじゃましようとしてると思ったみたい。リアムはこわい声で『失《う》せろ』ってどなった。だけどわたし逃《に》げなかった。ビッキーにリアムのことをいろいろ話したの。女の子の体だけが目的だっていうこともね。それから、アイツが最初のころにわたしにいったロマンチックなセリフとかも全部。ビッキーもそっくり同じことをいわれてたわけよ。

そのあたりから、ビッキーも気持ちがグラつきはじめたの。それで、ちゃんと話したいから少し歩こうってさそった。リアムはものすごく腹《はら》を立てて、『コイツは自分がもう相手にされないからヤキモチやいてるだけだ』っていった。それから『こんな女、二度とさわる気にもならない』とか『こんなガチガチで冷たくてなんの反応《はんのう》もない女、石の柱をだいてるみたいだった』とか『こんなつまんない女にキスする男なんかいない』とまでいわれたわ」

「なんてことを……あのひきょうなクズ！」わたしは怒《いか》りに震《ふる》えた。「そんなくだらないこと、真《ま》に受けちゃダメだよ。ナディーンはホントにきれいだし、どんな男だってデートしたがるに決まってるよ。まさかあんなヤツのいうことで傷《きず》ついたりしなかったよね？」

「そりゃ、気にならないっていえばウソになる。あんなにひどいこといわれたんだもの」

ナディーンの声がかすれた。「だけど、ビッキーにはそれが効《き》いたの。こわい物でも見るような目つきでアイツを見て、やっと本性《ほんしょう》をわかってくれた。そしてふたりで、その場からはなれたの。リアムは校門の外につっ立ったまま。アイツ怒りくるって、ひどいことをわめき散らした。ビッキーはとうとう泣きだすし、わたしも涙《なみだ》が出てきちゃった。それからビッキーの家までいって——おかあさんの帰りが遅《おそ》いからかまわないっていわれて——ふたりで、今までのことをなにもかも打ち明けたの。ビッキーはリアムがいうとおりすべてを捧《ささ》げようとしてたらしいの。『そうすることが真実の愛の証《あかし》だ』っていわれて。あなたたちのいいたいことはわかってる……かわいそうなくらいバカな考えだわ。わたしだってほとんど同じことになりかけてたもの。そんなふうに話しこんで、結局、すごく遅くまでビッキーの家にいた。そばにだれかいないと心配だったし。ウチには、エリーの家に行ってたことにしよう、と思った。そのほうが話が簡単《かんたん》だから」

「それをわたしが、すっかりややこしくしちゃったんだ」と、わたしがいった。

「そういうこと！　遅くなってウチへ帰ると、母親はすっかりおかんむりよ。わたしが内《ない》緒《しょ》でカレシと会ってたと思いこんでるの。それこそ信じられないわ。だってリアムと会ってたころには、なにひとつ疑《うたが》いもしないで、たった一度女友だちの家に行ったからって、あんなに大騒《おおさわ》ぎするなんて。しかも当分外出禁止《きんし》だって。クローディアのコンサートにまでケチをつけられたわ。あなたたちといっしょだから、だいじょうぶだとは思うけど」

「早く二十九日にならないかな」マグダがいった。「今朝《けさ》チケットが届《とど》いたんだ。そのおかげで起きれたようなもんよ。ホントは一日寝《ね》てようと思ってた。当然学校なんか来る気もなかったし。じつは一生行くもんかって思ってたんだけどね」

「ウィンザー先生のせい？」

「さあね」

「ひどいことされたわけじゃないよね」

「信じられないわ。わたしも先生のファンだったのに」

「なんにもされてないよ。先生のファンだっていうのも変わらない。だってステキな人《ヒト》じゃない。だけどあたし、信じられないバカやっちゃったんだ」マグダは両手で頭をかかえた。

「だから、なにやらかしたの？」

「……」

「マグダったら、話してよ！　ズルいわ。わたしだって話したでしょ！」ナディーンが鼻をかみながらいった。

「……」

「マグダ！　いわなきゃダメだよ。なんでも話す約束でしょ」わたしはマグダの手を引っぱった。

マグダの顔は髪《かみ》と同じくらいまっ赤《か》だ。

「わかったわかった。話すから。じつは昨日《きのう》、ウィンザー先生の家まで行ったんだ。まず放課後先生をつかまえていろんな話をした。『本気で美術《びじゅつ》の勉強をしたい。先生の授業《じゅぎょう》に夢中《むちゅう》です』みたいなこといって。先生はすっごく喜んでくれた。ホントは口だけだけど。エリーはマジで美術にはまってるけど、あたしにしてみればただの楽しい科目だもん。話してるうちにすっごく盛《も》りあがったんだ。あたしを見る先生の黒い瞳《ひとみ》には、大昔のロンドン大火並《な》みの炎《ほのお》が熱く燃《も》えて……。だから、先生が車で帰ろうとしたとき、このままでは終わらせたくないって思った。車に乗せてもらおうかとも考えたけど、学校の敷地内《しきち》じゃだれの目があるかわからない。それならいっそ、先生の家まで押《お》しかけようって決心したんだ」

「信じられない！　マトモじゃないよ」

「いわれなくてもわかってるわよ！」マグダは頭を横にふった。

「それでホントに行ったわけ？」

「そういうこと。ただし、家じゃなくてアパートだけどね。想像《そうぞう》を裏切《うらぎ》らない、すっごくステキなところだった。川ぞいの倉庫を改装《かいそう》した天井《てんじょう》の高いロフトつきの建物。なんで先生はやることなすこと超《チョー》カッコいいんだろ……」

「でも、どうやって先生の住所がわかったの？」

「そうよ、まさか車のあとを走ったわけじゃないでしょ？」

「だったらどうやって調べたと思う？　もちろんウチへ帰って電話帳で調べたんだよ。それからサエない制服《せいふく》をぬいで、黒のレースのシャツに着がえたんだ」

「あのスケスケの？」

「ちゃんとブラはつけたよ。パンツはあの光沢《こうたく》のある黒――おしりがカッコよく見えるからね。サンダルも赤のハイヒールにして、つまんない中学生なんかじゃないってとこを見せようと思ったんだ」

「すごい気合！」

「ママにはエリーから、ラッセルの友だちとダブルデートにさそわれたっていった。『帰りは遅《おそ》くなるかも』っていってバスに乗ったわけ」

「遅くなるっていっても、マグダのママは怒《おこ》らないんだ」

「それに、そんなふうにオシャレしたり、派手《ハデ》にしてもなにもいわないの？」

「ウチはうるさくいわないほう。あたしのことを信用してくれてる――っていうか、信用してた。エリー、あんたの電話で全部ブチこわしよ」

「そんなことになってるなんて、わかるわけないでしょ。でも、ホントに悪いことしたとは思ってる」

「もういいって。とにかくウィンザー先生のアパートにたどり着いた。インターホンの前で、しばらく考えこんじゃった。正直いうと、そこまで来てちょっとビビッた。そのままよしとけばよかったのに！」

「マグダ！　そこまで行っただけでもすごい度胸《どきょう》だよ！」

「自分でもホントにどうかしてたと思う。しばらくして、インターホンの受話器を取って『こんにちは、マグダです』って軽くいったんだ。しばらく沈黙《ちんもく》があって、先生に『どちらのマグダさん？』っていわれた。さすがにガクッときたよ。だけど気を取り直して、先生の演技《えんぎ》かもって考えた。だいたいマグダなんてそんなによくある名前じゃないし。それで『アンダーソン中学のマグダです』っていってみた。そしたら『え？』ってびっくりした声でひと言。それはないよね。ほんの一時間まえまで、さんざんおしゃべりしてたのに。下手《へた》するとウチに入れてもらえないと思って、ひと芝居《しばい》打つことにしたんだ。『あやしい男にあとをつけられてるみたいなんです』って。先生はやっとドアをあけてくれた。

「急いで二階にあがると、先生が心配そうな顔で玄関《げんかん》の前に立ってた。ヘンな男のことをアレコレときくから、『だいじょうぶです。気のせいかもしれないし』って答えて、『だけど念には念を入れて、しばらく中で待たせてもらえませんか』ってたのんだんだ。

だけど、すぐにはいいっていってくれなかった。あたしのことも最初はわからなかったみたい。あのダサい制服姿《せいふくすがた》しか知らないもんね。『なにか用?』ってきくから、話があるっていったんだ。そしたら『学校で話したほうがいい』っていわれちゃって、『今すぐ話さなきゃならないんです』っていったらやっと中に入れてくれた。だけど先生ったら、妙《みょう》にあたしをさけて、すっごくはなれて座《すわ》るの。ヒトがひどい風邪《かぜ》かなんかで、近寄《ちかよ》るとうつるとでもいうみたいに。

それにしても先生のアパートはステキだった。床《ゆか》はピカピカのフローリング。シックな家具が少しあるだけ。部屋の隅《すみ》には抽象的《ちゅうしょうてき》なメタルのオブジェがあった。壁《かべ》だけは、いたるところに絵がかけてあった。全部先生の作品だって」

「どんな絵だった?」

にくらしいほどマグダがうらやましい。わたしだってウィンザー先生のアパートに行ってみたい。先生はどんな絵を描《か》くんだろう……。

「どんなっていわれても……女の人を描いたのが多かったけど」

「肖像画《しょうぞうが》？　全身像《ぜんしんぞう》？　それともヌード？」

「エリー、いいかげんにして！　関係ないでしょ！　これからがイイとこじゃないの。さ、マグダ、早く」ナディーンがじゃまをした。

「ダメ、ききたいんだから！　ねえマグダ、どんなスタイルだった？」

「ちょっとリアルなような、そうでもないような……」マグダは心もとなさそうに答えた。

「じゃあ、色は？」

「少し暗かったかな。エリー、ゴメン。わかんない。あたし、青い服の女の人の絵を見るふりして、バカみたいに『この絵は楽しそうな雰囲気《ふんいき》ですね、海辺にいる気分になってきます』って当てずっぽうでいってみた。その人がサンドレス着てたのと、日焼けしてるように見えたからいったんだけど。そしたらたまたま旅行先かなんかで描いたものらしくて、うまく当たってたみたい。先生は光の加減《かげん》がどうのとか熱心にしゃべりはじめた。あたしが知りたかったのはそのモデルがだれかってこと。だけど失礼かな、と思って自分からはきけなかった。あのときさいてさえいれば、あんなことにはならないですんだのに」

「だから、いったいなにをしたのよ？　早く教えてくれないと、頭がどうにかなりそうよ」とナディーンがせかした。

「ウィンザー先生が絵の解説《かいせつ》をしてるあいだ、あたしはしかたなく、ただソファに座《すわ》ってた。やっとおしまいになると、先生はあたしに向き直って、『どうしてここに来たの？』ってあらためてきいてきた。それで、軽く『じつはこのあと人と会う約束があって』っていってみたんだ。『先生がたまたまこの近所に住んでるってきいたから、ちょっと寄《よ》ってみようと思った』って。

先生はまだ納得《なっとく》がいかないみたいで、今度は、先生の住所をだれにきいたのかっていわれたけど、笑って答えなかった。だれとの約束かともきかれたけど、『それも秘密《ひみつ》』っていった。そしたら先生の態度《たいど》が変わって、もう一度やけにマジに『どんな人とつき合ってるんだ？』ってきくから、ちょっとでもヤキモチやいてくれてるのかなって期待しちゃった。だったらすごいチャンスだから、少し思わせぶりなこともいってみた。そしたら先生は、よけい真剣《しんけん》になっちゃって、わざわざ来たのは、この謎《なぞ》のカレシのことを相談するためだって思いこんじゃったの。自分が望む以上に深い関係になってしまいそうで悩《なや》んでるとかね。しかも『ぼくを相談相手に選んでくれたのはうれしいけど、ほかの先生――たとえばヘンダーソン先生とか――に相談したほうがいい』っていうんだから。ヘンダーソンに恋愛《れんあい》の相談するなんて、冗談《じょうだん》じゃない！　それで思わずいっちゃったんだ……その……ああ、どうしよう……」

「だからなんていったのよ」

「『先生でなきゃダメなんです……先生のことが好きだから』って」マグダはまっ赤《か》な顔でもごもごいった。

「まさか……！」

「冗談でしょ？」

「冗談ならどんなにいいか。だけど、いっちゃったんだ。まったく救いようのないバカだよ。このままだとふたりとも、いつまでもいい出せない気がして、つい。どうしたらいい？　もう頭ん中がグチャグチャ……」

「マグダ、深呼吸《しんこきゅう》して。それでウィンザー先生はなんていったの？」

「まる一分は、ひと言もいわなかった。ただ、ものすごくショックを受けたような顔をしただけ。それから黙《だま》ったままで部屋を行ったり来たりして……。あたしはそのままソファのクッションに埋《う》もれてしまいたい気分だった。さすがに、ハズシたってことだけはわかった。先生がキッチンに消えたから、『帰れ』って意味だろうと思って玄関《げんかん》にダッシュしようとしたとき、グラスがカチャカチャいう音と、ビンの栓《せん》をぬく音がして、先生が飲み物を持ってもどってきた。あたしにはコーラをすすめて、先生もソファでワインを飲んだ――あたしとは反対側に座《すわ》ってね。そして頭を横にふりながら『さてマグダ、どうする？』っていうの。コーラをひと口すすったけど、体が震《ふる》えて歯がコップにぶつかった。それでもやっとの思いで『さて先生、どうする？』って切り返してテレ笑い。先生はこんなふうにいってくれた――やさしいから、よけい傷《きず》ついたんだけど――『そんなふうに思ってくれてたなんて光栄だよ。マグダならどんな男の子でもよりどりみどりだろうに』」

「ホントにそういったの？」わたしはうらやましそうにいった。「言葉どおりに？」

「そう。続きがあってね、『きみには、こんな古ぼけた教師《きょうし》なんてもったいない』っていうから、勇気をふりしぼって『先生は今までに会ったどんな男性《だんせい》より魅力的《みりょくてき》です』っていったんだ。そしたら、『気持ちはうれしいけど、きっと二週間もすれば、もうこんなおじさんのことは相手にしなくなって、一瞬《いっしゅん》のぼせあがっただけだと思うようになるよ』っていわれた。『そんなことない、どうしてあたしじゃダメなんですか？』ってきいてみた。先生と生徒の関係だからか、それともあたしのことをきらいなのかって。そしたら、あたしのことはすごく好きだけど、意味はちがうって。『二十代の男とつき合うには、なにしろ若《わか》すぎる』っていわれた。『プロの教師として、たとえ最上級生だろうが、生徒に特別な感情《かんじょう》を持つことはありえない』とも。そして最後に『カノジョにも怒《おこ》られるよ』って」

「カノジョ？」

「いっしょに住んでるんだって。アパートもその人のなんだって。広告関係らしいから、たぶんお金持ちなんじゃないの。写真も見せてくれた。まったくやってられないよ。アフリカ系《けい》のすごい美人で、顔はモデルのナオミ・キャンベルばり、長い髪《かみ》もゴージャスでさ。名前はミランダ。名前を口にするだけで、先生ったらニヤケちゃって。どうみてもベタボレだね」

マグダはため息をついた……。

ナディーンもため息をついた……。

わたしもため息をついた……。

「『紹介《しょうかい》するから、もう少しゆっくりして、よければ食事もいっしょにどう？』ってさそわれたけど、さすがに遠慮《えんりょ》した。ハルマー高《ハイ》の子と本当に約束してるってことにして『バカなこといってすみませんでした』っていっておいとましようとした。そしたら『だいじょうぶだよ。今日のことは、おたがいになかったことにしよう』だって。だけどそんなの無理に決まってる。どんな顔して先生に会えっていうの？　美術《びじゅつ》のたびに二時間連続でトイレに立てこもらなきゃ」

ところがベルが鳴って、廊下《ろうか》を歩いていると、こともあろうにウィンザー先生がこっちにやってきた！

「ヤダ！」マグダがあせった。「早く、かくして！」

そういわれても、カーテンでかくすわけにもいかないし、バッグに入れてかくすこともできない。しかたがないから、わたしとナディーンで、片方《かたほう》ずつマグダの腕《うで》を組んで、三人で歩き続けた。ウィンザー先生はなんの心配事もないかのようにのんびりと歩いてきて、いつもとまったく変わらない明るい笑顔《えがお》を浮《う》かべた。

「やあ、エリー、マグダ、ナディーン」そして、そのまま通り過《す》ぎていった。

「フー、疲《つか》れた！」先生が視界《しかい》から消えた瞬間《しゅんかん》、マグダが大きなため息をついた。あまりの勢《いきお》いに、おでこから前髪《まえがみ》が持ちあがった。

「すごい！　いつもとまるっきり同じだったわよ」

「ホントはなにもなかったのかも。ゆうべのことは全部あたしの思《おも》い違《ちが》いで、夢《ゆめ》でもみてたんだ」

「わたしもよ。ゆうべのことが、夢だったらいいのに」ナディーンも悲しそうにいった。

「だけど、ナディーンはえらかったよ。ビッキーを助けてあげて、あのリアムにも、もうなんとも思ってないってわからせてやったんだから」わたしはナディーンをだきしめた。

「アイツのいうように、わたしはすごく冷たくてつまんない女なのかしら？」

「そんなわけないでしょ！」

「こんなわたしでも、いつかだれかにキスしてもらえると思う？」

「ナディーン、いいかげんにして！　楽しみにしてなさい。だれか特別な人がすぐにあらわれるから。予感がするんだ」わたしはいった。

「エリー、こっちにもだれか特別な人があらわれないかな？」マグダがまたため息をついた。

「わかった。ふたりとも、きっとだれかステキな人があらわれる。だからもう元気出してよ。さあ笑って！」

マグダがチアリーダーふうに笑ってみせた。

「あなたはいいわよね。ラッセルがいるもの」ナディーンがいう。

「そうね、たしかにわたしにはラッセルがいる。だけどマグダとナディーンとの友情《ゆうじょう》にはくらべものにならないよ」――こういったときは、もちろん百パーセント本気だった。

だけど、放課後ラッセルと会っていると、マグダやナディーンのことはすっかり忘《わす》れてしまう。ラッセルは小さなプレゼントを用意していた。黒い小さな箱……アクセサリーかな？

箱をあけるあいだも期待で胸《むね》がドキドキする。

「大したものじゃないから気にしないで。指輪みたいな、意味深《イミシン》なものじゃないから」ラッセルはさり気なくいった。

箱の中身は、パールを散りばめたデイジーの形のヘアピンだった。とても繊細《せんさい》できれい。

「気に入ってもらえた？　エリーの巻《ま》き毛《げ》に似合《にあ》うと思ったんだ。だけど無理に使わなくてもいいから」

「もちろん気に入ったわ。すごくきれい！」

「ホントに？　じつは、ずいぶん迷《まよ》ったんだ。店員に何度もあやしい目で見られたよ。自分のを選んでるって思われたんじゃないかな。これをして、ソーホーあたりのヤバイクラブにかけつけると思われてたりして！　あ、手伝うよ。エリーの髪《かみ》は本当にステキだよ、すごくふわふわだね」

「マットレスのスプリングが爆発《ばくはつ》したみたいでしょ。だけどラッセルが好きだといってくれてうれしい。自分では、多すぎるしモジャモジャで大きらいなの。小さいころから、ナディーンみたいになめらかでツヤがあってきれいな髪にあこがれてた。どう逆立《さかだ》ちしても無理だけどね。マグダみたいにうんと短くする手もあるけど。どうかな、似合うと思う？」

「マグダやナディーンのまねなんか必要ない。エリーはエリーらしいのが一番だよ」ラッセルはそういい切ると、ピンをとめてくれた。「よし！　とても似合うよ。百周年のダンスパーティにもしてきてくれる？」

「もちろん！　パールがかったグレーのシャツがあるから、似合うと思う。それならまあまあセクシー系《けい》かもしれない」

「やった！　今日は、エリーのチケットも持ってきたんだ。親父《おやじ》が払《はら》ってくれたんだよ。だいぶ怒《いか》りもとけてきたみたいでさ。エリーのことも話したんだ。でもここで会ったとはいってない。なぜだか、ぼくがマクドナルドに来るのが気に入らないらしいんだ。だから、ウチの学校の美術《びじゅつ》の先生と、きみの美術の先生が知り合いで、お気に入りの生徒を自慢《じまん》し合ってとかいう話をでっちあげたんだ。とにかくこれで、二十九日のダンスはキマりだね」

「二十九日……」わたしはくり返した。

どこかで聞いたことのあるような……なんで急に不安になるんだろう？

「二十九日……」もう一度いってみた。「それ金曜じゃないよね？」

「金曜だけど、どうかした？」

それは、たしかにさしさわりがある。

「二十九日はクローディア・コールマンのコンサートの日よ」

「えー、それはないよ！　ほかの日にできない？」

「たしか公演《こうえん》は一回だけだったはず」

「クローディア・コールマン……赤毛の歌手《シンガー》だよね。ぼくもきらいじゃない。だけどコンサートなんて、またあるじゃないか。次のときに行けばいいだろう？　たのむよエリー！」

「そうじゃなくて……マグダのおとうさんがわざわざチケットを取ってくれたの」

「またマグダだ」

「そんな言い方しないで。今さら裏切《うらぎ》ってがっかりさせたりできない」

「だけど、ナディーンもいっしょだろ？」

「そうだけど」

「だったら、マグダとナディーンのふたりで行けばいいじゃないか。マグダをひとりきりにするわけじゃないんだし」

「それはそうだけど。女の子三人だけで出かけようって、まえから楽しみにしてたんだ」

「そうか。ぼくやダンスパーティより、そっちが大事ってことだね」

「ちがう！　そんなわけないでしょ」わたしはパニックしはじめた。少しまえまで、あんなに幸せで、ラッセルがプレゼントしてくれたきれいなパールのヘアピンをうれしがってたのに、今ではヘアピンが頭につき刺《さ》さって、まともに考えることもできない。

思わずラッセルの手をにぎりしめた。マクドナルドはあいかわらずごった返しているけど、そんなのかまっていられない。

「そんな、ラッセルのほうがずっと大切に決まってるじゃない！」

「だったらぼくと行こう！　学校できみのこと、さんざん宣伝《せんでん》しちゃったんだ。今さらきみが、ただの女友だちとつまんないコンサートに行くなんて、カッコつかないよ」

「つ、ま、ん、な、いコンサートだなんて……クローディアはずっとまえから大好きだったのに、ライブには一度も行ったことがないんだよ。それにマグダとナディーンだってただの女友だちなんかじゃない。大切な大親友なんだから」

「だけど……ぼくたち、つき合ってるんだよね」

「それは……そうにキマってるじゃない」

「カノジョなら、ダンスパーティに来なきゃ！　たのむよ、エリー」

「わかったわかった！　ダンスに行く。マグダとナディーンもきっとわかってくれると思う」

ラッセルはマクドナルドのドまん中で、すばやくキスをした。

その晩《ばん》、マグダとナディーンに電話をしたけど、ふたりともそんな事情《じじょう》なんかちっともわかってくれなかった。ダンスパーティの話をするあいだ、ナディーンはひと言もしゃべらない。

「ナディーン、怒《おこ》らないで。わかってくれるでしょ？　もしナディーンなら、やっぱりダンスに行くよね？」

ナディーンはあいかわらずなにもいわない。ただ息をするのが聞こえるだけだ。

「ナディーン、お願いだからなにかいって！」

「もうあなたとは話したくない」ナディーンはそういって電話を切った。

次はマグダにかけた。こっちにはさんざんイヤミをいわれた。

「信じられない。いったいだれのためなのか忘《わす》れたの？　あんたがラッセルにすっぽかされたとき、元気になるからって、クローディアのコンサートに行くことにしたんじゃない！」

「だけど、ホントはすっぽかしたんじゃなくて、外出させてもらえなかったんだってば！」

「そうそう、パパにダメっていわれたんだよね。いわせてもらえば、そんなバカバカしいこと、言《い》い訳《わけ》にもなりゃしないと思うけど――ま、このさい関係ないか。あたしのいいたいのは、ウチのパパがわざわざチケットを取ってくれたってこと」

「もちろん、チケット代はちゃんと払《はら》うつもりだから！」

「残念でした。あれはパパがプレゼントしてくれたの。女の子だけのとびきりなお出かけを楽しみにしてたのに」

「悪いとは思ってる。だけどナディーンとふたりでも行くでしょ？」

「あったりまえでしょ」

「今度クローディアが来たら、必ずわたしも行くから」

「当てにならないね。ラッセルに、ビッグマックとフライドポテトを食べに行こうってさそわれたらどうすんのよ？」

「ひどいよ、マグダ。学校の百周年記念パーティなんだよ。それに友だちにもわたしのこといっちゃったんだって」

「やっぱり。ハルマーのヤツらはみんなそうだってよ。行ってらっしゃい。みんなに『ラッセルの新しい女だ』って見られるのがそんなにうれしいんなら」

「マグダだって、もしわたしの立場だったら同じことするくせに。絶対《ぜったい》だよ。男、男って追っかけてくのはいつもあんたでしょ！」口が勝手にしゃべりだした。「それだけじゃない。ラッセルのことだって、悪くいってばかり。ホントはラッセルがあたしを選んだからおもしろくないんでしょ！」どうしよう。なんてこといっちゃったんだろう……深呼吸《しんこきゅう》してから、「ゴメン、マグダ。本気じゃ――」といいかけたけど、電話を切られてしまった。

どうしてこうなるの？　親友がふたりとも口をきいてくれないなんて。

わたしは鼻をグズグズいわせながら階段《かいだん》に向かった。涙《なみだ》がにじんで、まわりがかすんで見える。階段の上で突然《とつぜん》なにか小さくてブヨブヨしたものにぶつかった。その瞬間《しゅんかん》、ナイフかなにかが足首につき刺《さ》さって、わたしは大声をあげた。そのなにものかも、声をかぎりに悲鳴をあげた。

「ウワー！　エリーにやられた！　なんでふんづけるんだよ！　わざとやっただろ。編《あ》み目《め》が全部ぬけちゃったじゃないか」

「あんたこそ、なにしたと思ってんの。編《あ》み棒《ぼう》でヒトをケガさせといて。見なさい、血が出てるでしょ！　しかもいちばんいいタイツが伝線《でんせん》しちゃったじゃない！　このクソガキ！」

「ちょっと、どうしたの？」アンナが走ってきた。足首に毛糸玉が引っかかってコロコロあとをついてくる。

わたしとエッグは、いっぺんにアンナにうったえた。エッグは泣きながらほどけたマフラーを指さして、わたしは床《ゆか》が血でよごれないように片足《かたあし》でケンケンしながら。

「ふたりとも、少し落ち着きなさい。エッグ、まず泣くのはやめなさい！　ヨシヨシ、ぬけた編み目はあとでひろってあげるから。それからエリー、なんでまたエッグにぶつかったの？　あんなわかりやすいところに座《すわ》ってたのに。とにかく、今は手を止めるひまがないのよ。すごくむずかしいデザインに取り組んでるの。ジョージとの約束は明日なのに。まさかあなた、泣いてないでしょ？　大した傷《きず》じゃないからだいじょうぶよ」

「あたしの足のどこに何本針《はり》がつき刺さろうが、どうせアンナには関係ないでしょ！　いつだってエッグの味方ばかりして。ひどいよ！　どうしてだれもあたしの気持ちは考えてくれないの？」いい捨《す》てると、階段をかけのぼり、部屋のドアをバタンとしめた。

枕《まくら》をかかえてさんざん泣き、いいかげん息が詰《つ》まって、咳《せき》が出て、ティッシュがないと身動きができない状態《じょうたい》になったところで、アンナがティッシュの箱とぬれタオルを持って部屋に入ってきた。

「せめてノックぐらいしてよ」文句《もんく》はいったけど、わたしは黙《だま》ってアンナに顔をふかせておいた。顔をふき終わるとアンナは隣《となり》に座《すわ》って、両手で肩《かた》をだいてくれた。わたしは一瞬《いっしゅん》体をかたくしたけど、すぐに力をぬいてアンナにもたれかかった。

「さあエリー、話してちょうだい」アンナがやさしくいった。

「マグダとナディーンが口をきいてくれない！」わたしはメソメソした。

「どうしてそうなったの？　そんなに泣かないの。だいじょうぶ、きっと仲直りできるわ。いつだってあなたたちは親友よ」

「もう、ちがうの」わたしは声を詰《つ》まらせながら、今までのことをアンナになにもかも話した。

「かわいそうなエリー。これは大問題ね」話し終わるとアンナがいった。「友だちを取るか、カレシを取るか、これは永遠《えいえん》の難問《なんもん》よ」

「どうして、みんな仲良くできないの？」わたしはわめいた。「マグダとナディーンならわかってくれると思ったのに。このダンスパーティは、ラッセルにとって特別なんだよ。行けたらどんなにステキだろう。こんなきれいなパールのヘアピンまでプレゼントしてくれたのに」

「本当にきれい。きっとステキな男《コ》なのね。ラッセルにさそわれたのが先だったんでしょ？」

「それがその……じつはダンスの話があとだったんだ。コンサートに行く約束のほうが先だったの」

「だったら、ラッセルがダンスの話をしたとき、どうしてすぐにコンサートのことをいわなかったの？」

「日付とか覚えるの苦手なんだもん。アンナも知ってるじゃない」

「それはそうだけど……だったらどうするつもりなの？」

「どうしたらいいかわからない。仲間ハズレがこんなにツラいとは思わなかった。あのふたりだってカレシがいるときには同じことしたくせに。ナディーンがリアムっていうひどいのとつき合ってたときもそうだったし、マグダだってグレッグっていうつまんないのとつき合ってたときは、わたしなんか放っておかれたのにさ！」

「でも、それでわかるじゃない。カレシは――一時《いっとき》ものすごく夢中《むちゅう》になっても――一生つき合うことはめったにないわ。だけど、ナディーンやマグダとの友情《ゆうじょう》はもっと特別なんじゃないかしら。だから男の子も手ごわいって思うんじゃない？」

「じゃあアンナは、ダンスをことわったほうがいいと思うの？」

「それはわからないわ。選ぶのはむずかしいと思う。どっちがよくてどっちがまちがいってこともない。エリーは本当はどっちに行きたいの？ コンサート？ それともダンス？」

「どっちも行きたい！ ラッセルとはこれからも仲良くしたいし、ダンスのこと楽しみにしてるから喜ばせたい。だけど、クローディアのコンサートで、マグダがわたしをはげまそうとしてくれたのもホントなんだ。しかも今は、マグダとナディーンのほうが元気ないのに。アンナ、やっぱりわたし、ダンスには行けない。ラッセルはわかってくれると思う？」

「それはまず無理ね。だけどいつか、なにかの形で埋《う》め合わせればいいんじゃない？」

そこまでいって、アンナはわたしが顔を赤くしてるのに気がついた。「バカね、そういう意味じゃないわよ！」とアンナ。そしてわたしたちはふたりで笑いころげた。

7 Dangerous Times
危険な時間

仲間ハズレはホントにツラい。鼻先をピシャッとたたかれ、大事な骨《ほね》をひったくられ、オリに追いやられたあわれな犬の気分だ。やっぱりコンサートに行くといっても、マグダとナディーンはもろ手をあげてわたしをむかえてはくれなかった。

マグダには「お気づかいなく。わたくしたちにはおかまいなく」といわれ、ナディーンには「ホントは、歩くスケッチブックとダンスに行きたいくせに」といわれた。

せいいっぱい深呼吸《しんこきゅう》して、たえるしかない。わたしは自分にいいきかせた。このふたりは大切な親友で、その友情とサポートはかけがえない。たまたま今は、マグダの気取った顔をひっぱたいて、ナディーンの魔女《まじょ》のような長い髪《かみ》を引っぱってやりたい気分だったとしても。そうやってわたしは、なんとかかんしゃくをおさえこんだ。ふたりの機嫌《きげん》もだんだん直ってきた。学校が終わるころには、ほとんどいつもどおりになって、コンサートにはなにを着ていくとか、どうやってホールまで行くか、三人で計画を練りはじめた。めんどうな送りむかえを、だれのおとうさんがしてくれるのか、まだはっきりしなかった。さよならをいうとき、わたしはマグダとナディーンのふたりをぎゅっとだきしめた。ふたりもわたしをだきしめてくれた。

親友と仲直りできて、どんなにほっとしたことか。だけど次はラッセルが相手だ。

こっちのほうが手ごわそう。

しかも歩み寄《よ》る方法もない。マクドナルドで会った瞬間《しゅんかん》から、ラッセルははりきってダンスのことを話し続けてる。友だちの半分はパートナーが見つからないとか、わたしが来られることになって本当にうれしいとか。

「ラッセル、喜ぶのはまだ早いわ」わたしは悲しく告げた。胃袋《いぶくろ》がキリキリとしめつけられる。「というより、すごくがっかりするから心の準備《じゅんび》をして。おまけに、マジで腹《はら》を立てることになるわ」

「なんの話？　まさか、来れなくなったなんていわないよね？　おとうさんに反対されたなんていうなよ。そんな権利《けんり》はないはずだ」

この言い訳《いいわけ》は使えるかもしれない。

「ホントにゴメンなさい、ラッセル。ダンスに行くためならどんなことでもする。だけど、お祭しのとおり、おとうさんがダメだって」

「ウソだろ！　このあいだ、最初のツラい十分間のあとでは、結構《けっこう》ぼくのことを気に入ってくれたみたいだったのに。どうしてダメっていわれたの？」

「たぶん、自分が学生のころの学校のダンスとかのことを想像《そうぞう》してるんだと思う」すらすらとウソが出てくる。「最近とくにきびしくて。ずいぶんたのんだんだけど、どうしても考えを変えてくれなかったの」

おとうさん、ひどいことといってゴメンね。だけど、こうでもしなきゃラッセルは納得《なっとく》しない。

「ぼくが直接《ちょくせつ》たのんでみるよ」

「ダメ！　絶対《ぜったい》ダメ。よけい意地になるだけよ。ラッセルと毎日のように会ってることも内緒《ないしょ》なの。だからゴメンね」わたしはほとんどパニックした。「そんなことしたら、きっと今よりきびしく見はられて、全然会えなくなる。今でさえ『夜はダメ』っていわれてるのに」

「だけどおとうさんは、例のコンサートには行かせるつもりなんだろう」ラッセルは疑《うたが》うように目を細めた。「ひょっとして、ダンスに行かないで、大好きな女友だちと出かけるための、口実なんじゃない？」

「ひどい！　ラッセル！　ひと言もウソなんかいってないのに」わたしは傷《きず》ついたそぶりで、またウソをついた。

「だけど、結局コンサートには行くわけだろ？」

なんでバカ正直にコンサートのことなんか話したんだろう？？？

「そうなるかもしれないけど……」わたしはなんとかごまかそうとした。「マグダのおとうさんが取ってくれたチケットをムダにするのもなんだし……ウチのおとうさんにしても、会場まで車で送りむかえさえすれば、見はっていられるつもりなの」

「だったら、おとうさんの車でダンス会場まで送ってもらって、帰りもまたむかえに来てもらえばいい。そしたらずっと見はっていられる」

「ソレとコレとは、少しちがうんじゃ……」

「そうだね、ぼくも、話が少しちがうと思うよ」ラッセルの言い方には、どこか引っかかるところがあった。

今日は、公園に行こうという話は出ない。ほかのどこかへ行くわけでもない。そのまま、ツラい三十分が過《す》ぎた。ラッセルは、突然《とつぜん》わざとらしく時計を見ると、いった。

「あれ、もうこんな時間？　そろそろ帰らなきゃ。今日は宿題が山のようにあるんだ」

「怒《おこ》ってるのね？」わたしはクラい声でいった。

「そんなことないよ。気にしてないさ。事情《じじょう》もわかったことだし」だけどラッセルのその言い方は、絶対わかってなんかいないといっている。

「がっかりさせてゴメンなさい」

「しかたないさ」ラッセルは肩《かた》をすくめた。「だれかほかの子をさそってみるよ」

わたしはいきなり顔に平手打ちをくらったような気がした。気分が悪くなって、思わず立ちあがった。

「わかった。じゃあ、またね」

「うん。それじゃ、また」

ふたりともその意味はじゅうぶんわかっていた。もう会わない。二度と会わない。たかがダンスに行けないくらいで、あんなに意地悪で陰険《インケン》になるなら、ラッセルなんてホントにいらないと、わたしは自分にいい聞かせようとした。

あんな人、思い出も、哀《かな》**しみも、いらない、いらない**
そのとおり。世界じゅうでいちばん大切な親友とクローディアのコンサートに行く。そして思いっきり楽しむんだ。

そんなこと思ってもダメ。どうして、ダンスに行かないなんていったんだろう？　ラッセルはかけがえのない人なのに。こんなにラッセルのことを想ってるのに。こんなにラッセルのことが好きなのに……！

わたしは家に帰った。

次の日も、学校からまっすぐ家に帰った。マクドナルドには行くだけムダだ。マグダとナディーンは姉妹《きょうだい》みたいにくっついて、はげましてくれる。だけど、そんなのなんにもならない。

その次の日の午後の美術《びじゅつ》で、ウィンザー先生の授業《じゅぎょう》は、ふたたび神話や伝説の世界がテーマだった。わたしはギリシャの美少女プシュケーを描《か》いた。キューピッドを失って、ミジメにうなだれている。先生がとてもいいとほめてくれたけど、今日だけはそんなことどうでもよかった。先生はナディーンの妖女《ようじょ》キルケも絶賛《ぜっさん》したけど、マグダのビーナスはろくに見もしないで、ただ「いいね」といいながら脇《わき》をすりぬけていった。マグダはなんとか平気なふりをしてるけど、顔は髪《かみ》と同じくらいまっ赤《か》だ。

授業が終わると、マグダはわたしたちを待たずに、美術室からかけだしていった。

「エリーは行かないでよ」ナディーンがいう。「いっしょにいてほしいの。万一だけど――わかるでしょ――リアムがいたらこまるから」

「ナディーンったら」わたしはナディーンの肩《かた》をたたいた。

ところが校門には、リアムではなくラッセルがいた。しかもマグダと話してる。わたしは頭がクラクラした。ラッセルは最初からマグダのことが好きだったんだ。みんなマグダが好きだもの。たぶん、わたしのかわりにマグダをさそうつもりだ。もしかしたら、あのダンスにも……！

わたしはナディーンの腕《うで》をつかんだ。

「だいじょうぶよ」ナディーンは、リアムが前に立っていたあたりを見まわした。「いないみたい」

「ラッセルがいる……」わたしはやっとの思いでささやいた。「今度はマグダに声をかけてる。ナディーン、いっしょに行って。気がつかないふりで、ふたりの前を通りたいの。ダメ、あっちを見ないで！」

だけどうしても目がいってしまう。マグダはラッセルに笑いかけていた。目をまっすぐにのぞきこんで。ラッセルも熱いまなざしで見つめ返してる。マグダが冷凍庫《れいとうこ》の中でいちばんおいしそうなアイスキャンディで、今にも食べたいという目つきだ。

「信じられない。ラッセルがこんなことするなんて……」と、わたし。

「信じられない。マグダがこんなことするなんて……ラッセルのことなんか好きでもないくせに。『エリーがあんなカッコつけてるだけのヤなヤツに夢中《むちゅう》になるなんて意外』とかいってたのに」と、ナディーン。

「ラッセルはカッコつけてるだけのヤなヤツなんかじゃない！」思わずいい返してから、ラッセルがマグダにニッコリ笑いかけるのを見て、はらわたが煮《に》えくり返った。「前言撤《てっ》回《かい》！」

「さ、エリー、腕を組んでいこう。あの人たちの横をさっさと通り過《す》ぎちゃおう。いい、ちゃんと顔をあげて歩くのよ。ラッセルに――マグダにも――口をきいちゃダメ。わたしもマグダとは絶交《ぜっこう》よ。友だちだと思ってたのに、なんてことなの！」

わたしはナディーンにつれられて校庭を横切った。足がいうことをきかなくて、何度もよろめいてしまう。眉《まゆ》ひとつ動かさずに通り過《す》ぎようと思ってはいても、近づくにつれ、なにもかもメチャクチャになってしまいそうでこわい。

「エリー?」

ラッセルがわたしに笑いかけてる……!?

なんて図々《ずうずう》しい! わたしは顔をあげたまま通り過ぎた。

「エリー!」

マグダもわたしに笑いかけてる……!!

目が痛《いた》い。ラッセルに裏切《うらぎ》られただけでもじゅうぶんツラいのに、親友のマグダにまでこんな仕打ちをされるなんて。しかもこんなに堂々と。

「エリー待って! 話があるんだ」ラッセルが追いかけてきた。

「悪いけど、エリーは話したくないって!」ナディーンがラッセルをひじで追いはらおうとした。

「エリー？　ナディーン？　ふたりともどうしたの？」マグダが反対側からまわりこんできた。

「そっちこそどうしちゃったのよ？　マグダ、よくもこんな、、、、ことができるわね」ナディーンがいった。

「こ、、、んなことって、どんなことよ？　ヒトがせいいっぱいキューピッド役をやってるのに。ふたりのおバカさんを、またくっつけようとしてさ。それなのに、まるで悪いことでもしたみたいな言い方して！」

わたしはかたまってしまった。ナディーンも立ちどまった。マグダも立ちどまった。三人が顔を見合わせているあいだ、ラッセルはどうしていいかわからなくてとまどっている。

「マグダ、説明してよ」ナディーンがいった。

「帰ろうとしたら、ラッセルに呼《よ》びとめられたの。『エリーはまだ怒《おこ》ってるかな』ってきいてきた。昨日《きのう》はマクドナルドで何時間も待ってたらしいの、だけどエリーは来なかった。それで、仲直りができるか、それともうカンペキにきらわれたのかが知りたくてここまで来たんだって。だから『あたしの見たとこ、エリーはまだあきらめきれないみたいだし、かなり落ちこんでるから、仲直りできたら喜ぶと思う』っていってあげたんだ。それなのにあんたたちときたら、さっさと通り過《す》ぎちゃうし、ツンケンして返事もしない。『どうしちゃったの？』ってききたいのはこっちだよ。エリー、ラッセルと口をききたくないならかまわないけど、こっちにまで当たらないでよね」

「ああ、マグダ。エリーがなにを考えてたか、絶対《ぜったい》当てられっこないわ」

「ナディーンも同じこと考えてたじゃない！」わたしは弱々しく抗議《こうぎ》した。あんまりほっとして、力がぬけた。

「なに考えてたって？」マグダがきいたけど、ラッセルが耳ダンボになってるから、無視《むし》した。「なんでもない！」そして、あらためてラッセルのほうに向き直った。ラッセルもこっちを見てる。今度はわたしがアイスキャンディにでもなった気分。全身がとけだしそう。

「はいはい、この先はふたりでごゆっくり。ロマンチックな再会《さいかい》を心ゆくまでお楽しみください。とりあえずは、またマクドナルドでラブラブか！」と、マグダが冷やかした。

「熱々ポテトで、熱々キッス」

「焼きたてハンバーガー、できたてカップル」

「冷たいコーラに熱い抱擁《ほうよう》」

「あまーいアイスの、あまーいささやき」

「熱いコーヒー、熱いひととき」

「あんたたち、いいかげんにして！」わたしは怒《おこ》りながらも笑っていた。

ふたりともホントにいい友だちだ。そして、ラッセルもやさしかった。ふたりだけになると、このあいだはほかの子をさそうなんていって、本当に悪かったとあやまってくれた。

「意地悪でいっただけなんだ。ぼくがバカだった。本気だとは思わなかったよね？」

「もちろんよ」わたしは力強く否定《ひてい》した。「わたしこそ、ダンスのことではゴメンなさい」

「よく考えたら、なにも大したことじゃないよ。ただの学校のパーティだろ。どうせフタをあけてみたら、恥《は》ずかしいくらいチャチなもんだよ。来られないほうがかえってよかったかもしれない」

「いつかちがうダンスパーティに行けるよね？」

「もちろんさ。約束しよう。でもホントいうと、ダンスは得意じゃないんだ。ただ手や足をフラフラさせるだけで、全然カッコつかない。だから踊《おど》ってるとこを見たとたん、愛想つかされるかもしれない。今のところはまだ愛想つかされてないと仮定《かてい》して、の話だけど」

「そっちが愛想つかしたんじゃない。このあいだはマジで怒《おこ》ってたでしょ？」

「だけど、マクドナルドに来なかったのはエリーのほうじゃないか。何時間も待ったんだから」

「だって、また会おうっていってくれなかったじゃない。だから来るわけないと思って。もう二度と会わないつもりなんだと思った」

「会いたかったよ」

「わたしも」

「ああ、エリー」突然《とつぜん》ラッセルにだき寄《よ》せられた。こんな人通りの多い、通りのまん中だけど、だれに見られようがかまわない。わたしもラッセルの首に両腕《りょうで》をまわした。

そのとたん、車のクラクションが鳴った。

「エレノア・アラード！」

ウソでしょ！　よりによってヘンダーソンが車の窓《まど》から顔を出してる。

「なにしてるんです？　さっさとその男からはなれなさい！」いいたいことだけいうと、先生は窓をしめて走り去った。

「イッケネー！」ラッセルはテレくさそうにいった。「アレだれ？　おかあさんの知り合い？」

「担任《たんにん》のヘンダーソンなの」びっくりして声がかすれた。

「先生？　なんだか、話のわかりそうな人だね」

「そうかな……」

けれども翌日《よくじつ》わたしを待っていたのは、通りなど公共の場に、制服《せいふく》でいるさいにふさわしい行動についての三十分間のお説教だった。ヘンダーソンと出くわしたのがもう少しあとで、農園の近くでなかったのはせめてもの救いだ！

「結局、あの歩くスケッチブックとまたラブラブなの？」

「ナディーン、その呼《よ》び方《かた》はやめてくれない。ちゃんとラッセルって名前があるんだから」わたしはナディーンをこづいた。ついでにマグダのこともこづいて「それにラッセルのことを『カッコつけてるだけのヤなヤツ』なんていったそうじゃない？」

「あたし？」マグダったら、とんでもない濡《ぬ》れ衣《ぎぬ》を着せられたとでもいう顔だ。「あのさ、ふたりをふたたび結びつけた愛のキューピッドはあたしだってことを忘《わす》れてない？」

ラッセルと仲直りができて本当によかった。マグダとナディーンともいっしょだし。

「わたしはすごくハッピー！　ヒッピー、ホッピー、ハッピー」クローディアのコンサートの当日、シャワーを浴びながら歌を歌った。これはアルバムの最後についているオチャメな短い歌だ。続きは、**「イイ男の愛なんかいらない、悪い男の愛なんかいらない、どんな男の愛もいらない。だってわたしはすごくハッピー……」**だけどわたしのバージョンはちがう。**「イイ男の愛はいる。だけど、悪い男の愛なんかいらない、ラッセルの愛さえあればば。だってわたしはすごくハッピー！　ヒッピー、ホッピー、ハッピー……」**

シャワーがジャージャーうるさいから、だれにも聞こえないだろうと思ってたのに、甘《あま》かった。

「わたしはすごくダーティ！　ディッピ、ドッティ、ダーティ」おとうさんがドアの向こうでわめいてる。**「わたしはせっけんでゴシゴシしたい、どんなせっけんでもいいからゴシゴシしたい、わたしはとにかくせっけんでゴシゴシしたい。だけど娘《むすめ》がシャワーに入ってて、わたしを入れてくれない。だからわたしはすごくダーティ！　ディッピ、ドッティ、ダーティ」**

「やめて、おとうさん！」わたしはバスタオルを体に巻《ま》いて、顔をまっ赤《か》にしてバスルームから出た。「なに聞いてんのよ！」

「エリー！」おとうさんはぬれた髪《かみ》の毛をやさしくつまんだ。「あれだけ大声で歌われて、聞かずにいられるか！　おお、愛《いと》しのシャワー室のプリマドンナよ。だけど、元気になってよかったよ。そういえば今日はどういう予定なんだ？　車に乗せてくれるのはナディーンのおとうさんかい、それともマグダのほうかい？　大学のくだらない会議のせいで行けなくてゴメンよ」

「マグダのパパがつれてってくれるんだ」

「大変なご苦労をかけてしまうな。ひとつ借りができたよ」おとうさんはありがたがった。だけど学校で、マグダのパパが無理になったことを聞かされた。ゆうべ車のシャフトが折れてしまい、修理《しゅうり》に少なくても二、三日はかかるという。

マグダとわたしは期待をこめてナディーンを見つめた。

「ダメよ。金曜の夜はナターシャと母親をあのイカれたラインダンスに送りむかえしてるもの」

「ウチのおとうさんが、ナントカ会議で車を使うから、アンナにも送ってもらえない。どっちみちエッグのめんどうをみなきゃならないし、毎晩《まいばん》バカバカしいセーターと格闘《かくとう》してるから無理だろうけど」

三人は頭をかかえた。

マグダがいう。「わかった、自分たちで行こう！　電車と地下鉄で。これで決まりだね」

「無理だわ。ウチの母親がいいっていうはずないもの」ナディーンが反対した。

「アンナも許《ゆる》してくれないと思う。行きはともかく、夜遅《おそ》く帰ってくるわけだし。マグダのママはなにもいわない？」

「そりゃダメに決まってるよ。だけど、そういわなきゃいいじゃない。ウチではエリーのおとうさんにつれてってもらうと思ってるもの。ナディーンちでもエリーのおとうさんがつれてってくれると思ってるでしょ？　エリーんちにはウチのパパが乗せてったことにすればいいじゃない。そうすれば、だれもよけいな心配しないですむし、こっちも予定どおり出かけて楽しめる」

「そのとおりね」そういいながらもナディーンは心配そう。

「カンペキだね！」わたしもいったけど、また山のようにウソをつかなきゃならないと思うと頭が痛《いた》い。

「話は決まりだね」と、マグダがいった。「じゃあ六時に駅で。エリー、お金は心配ないよ、貸《か》したげる。絶対《ぜったい》楽しいよ。マジであたしたちだけでお出かけなんて」

あとは実行あるのみ。ナディーンがいちばんに駅に着いていた。黒いファッションですごく目立ってる。かかとの高いおニューの黒い靴《くつ》をはいたナディーンは、いつもよりずっと背《せ》が高い。

「これじゃ、携帯《けいたい》ハシゴでも持ち歩いて、話すたびに上までのぼんなきゃ」わたしはグチった。「おかげで、こっちはよけいチビでデブになったみたい」

「なにバカなこといってるのよエリー、そっちもキマってるわよ」

わたしだって、最大限《さいだいげん》の努力はした。最後に黒のパンツとシルバーグレイのシャツに落ち着くまでには、持ってる服の半分を着てみた。どうせわたしは、なにを着てもまんまるい。ナディーンみたいに背が高くてやせてさえいれば。だけど少なくともラッセルは気にしてないみたい。着がえてる最中に電話をくれた。

「『コンサート楽しんでおいで』っていおうと思ってさ」

「たどり着ければね。着てくモノが決まらないの。今なんかパンツを片足《かたあし》だけはいてるんだから」

「おいおい、それ以上いわないでくれよ。危険《きけん》な想像《そうぞう》しちゃうからさ」

「落ち着いて、ラッセル。カッコよくもなんともないんだから」

「エリーはいつだってカッコいいよ。パンツ、きっとすごく似合《にあ》うよ。片足だけっていうのはもっと似合うんじゃないかな。ところで、右の足？　それとも、左の足？」

「もう、やめてよ！　だけど電話ありがとう。あのヘアピンをしていくね。とてもステキだから。ラッセル、あなたもとてもステキ」

突然《とつぜん》、気分をこわす、気持ち悪い音がした。エッグがいつのまにか後ろに来て、ゲロゲロッと吐《は》くまねをしている。

「エリー？　どうかした？」ラッセルがびっくりしたみたい。

「なんでもない。エッグの首をもうすぐ引っこぬくとこ。それより、ダンスも楽しんでね。行けなくて、ホントにゴメンなさい」

「この埋《う》め合わせは、ちゃんと考えてあるからね」ラッセルが謎《なぞ》めいた笑い方をした。

「わかった。ラッセルのいうところなら、どこへでも行くから」それを聞いたエッグがさっきよりももっと派手《はで》にゲロゲロやった。あんまり調子に乗りすぎてホントに吐《は》きそうになっている。

わたしは大笑いしたけど、エッグの首を引っこぬきはしなかった。最高に幸せだったから……。

駅で待つあいだも、最高の気分が続いていた。ヒトになんと思われようが、気になんかしない。

「だってわたしはすごくハッピー！」ナディーンもいっしょに歌ってくれた。だけど、十分待ってもマグダはあらわれない。ハーモニーに不協和音が加わった。チケットを持ってるのはあの子なのに。

「マグダっていっつも遅《おそ》いよね」わたしは文句《もんく》をいった。

「たぶんどこかで男の子に引っかかってるのよ。いつものことだわ」ナディーンもいった。

「ナディーンはどう？　もうリアムのことはすっかりケリがついたわけだし。新しい出会いをする気分になった？」

「もちろんよ」ナディーンがそういったとたん、黒い髪《かみ》でするどい目の男が女の子の肩《かた》に腕《うで》をまわしながら、駅から出てきた。ナディーンはビクッと引きつり、まっ青《さお》になった。

わたしもその子を見た。

「リアムじゃないよ」

「わかってる。ただ『もしかして』と思っちゃったの」

「ああ、ナディーン。アイツの本性《ほんしょう》はもうわかったじゃない。もう忘《わす》れなきゃ。きっとすぐ、別の人にめぐりあうから」

「リアムみたいな人は二度とあらわれないと思う。もちろん、そのほうがいいんだけど」

ホントにそのつもりならいいけど。なんだかナディーンがしょんぼりしたから、わたしは話題を変えようとした。

「それにしてもマグダはどうしたの？　どうしていつも同じ目にあわされるんだろう」

「オーッス、ふたりとも！」

マグダがあらわれた。ハイヒールで、よたよた走ってくる。向こうでニヤケながら、マグダのことを上から下までながめてるふたりの男の子に、テレながら手なんかふっちゃって。

「ゴメン！　ちょっと遅《おく》れた？」マグダは興奮《こうふん》さめやらぬ様子だ。「たまたま、ウォーレンが兄さんのネクタイを借りにきてさ。ウォーレンは兄さんと同じ学校だったから、まえから結構《けっこう》イイとは思ってたの。それが、最新流行のヘアスタイルにしたら、めっちゃイカしてるの。向こうも、今日ひさしぶりに会って、コンサート用にバッチリキメてるあたしを見て、初めて女として意識《いしき》したみたい。もう、ちっちゃくてカワイイだけの子どもじゃないって。それはそうと、これからあの人がどこへ行くか聞いたらおどろくよ！　なんと例のダンスに行くんだって。奨学金《しょうがくきん》をもらってハルマー高《ハイ》に通ってるの。しかも何か月かまえにカノジョと別れて、ひとりで行くつもりだったのよ。話してるあいだに『ダンス行く気ない？』ってさそわれちゃった！　すごいでしょ！　すごく迷《まよ》ってさ」

「冗談《じょうだん》でしょ？」わたしが口をはさんだ。

マグダはニヤッと笑った。「ちゃんと考え直したわよ。友だちとしてやっちゃいけないことだって。だから、『友だちを裏切《うらぎ》ることはできない』っていったんだ。ウォーレンはすごくがっかりしたけど、わかってくれたみたい。まだ続きがあんのよ。かわりに明日の夜、デートにさそわれたんだ。レストランでの大人のデートだよ。〈テラッツァ〉って知ってる？　シックなイタリアンの店。マクドナルドのハンバーガーとはひと味ちがうんだから」

「よかったわね」わたしはイヤミっぽくいった。

「わかったけど、その話はおしまい」と、ナディーンがいう。「クローディアのチケットは持ってきたんでしょうね？」

「当たり前でしょ。ふたりともどうしたの？　元気ないよ！　せっかくの特別の日だってのに」

ナディーンもわたしも、電車でクローディアの歌を歌ってるうちに、元気になった。ウォータールー駅で地下鉄を乗りまちがえて、最初の駅にもどったり、中年サラリーマンのヘンなおじさん集団《しゅうだん》のせいで、クスクス笑いの発作《ほっさ》が止まらなくなったり……。いろいろあって、やっとめざす駅に着いたけど、どっちに行けばいいのかさっぱりわからない。しばらくうろうろしてから、マグダがおまわりさんを見つけて、うまいこと話しかけて近くまで案内してもらった。

だんだん時間が迫《せま》ってくる。開演《かいえん》時間に間に合わないんじゃないかと心配になってきた。マグダとナディーンに「走って！」といったけど、ふたりともすごいハイヒールで、竹馬に乗ってるようなもんだから、なかなか早くは進めない。大きな通りに出たところで、クローディアのTシャツを着た大勢《おおぜい》の人波に追いついた。安心したのもつかの間、みんなホールと反対方向に歩いていく。

「どうかしたんですか？　なんでそっちに向かうんですか？　コンサートホールはあっちでしょ？」マグダが女の子のグループに声をかけた。

「コンサートはキャンセルよ」ひとりの子がクラい声でいった。

「えー！　どうして？　クローディアがどうかしたの？」

「頭がどうかしたのよ」ほかの子がプンプンしながらいった。

「どういうことですか？」ナディーンがたずねた。

「クローディアにはカレシがいるのよ。先月新聞に出てたでしょ。くだらないサッカー選手かなんかで、クローディアの指先にキスさせるのももったいないようなヤツよ」三人目の子が、そういいながら、着ているシャツにプリントされたクローディアの顔を引っぱって、しかめっ面《つら》にした。

「でも、べつにカレシがいても悪くはないでしょ？　フランキー・ドブソンでしたっけ。あの人ならたしかにカッコいいと思うけど」と、マグダがいった。

「あっそう。そいつがえらそうにいばりまくって、クローディアに歌をやめろといったとしても？」Tシャツの子がいった。

「歌をやめる？」

「そいつのせいで？」

「どうしてそんなことに？」

「その男、ゆうべのマンチェスターでのコンサートに行ったのよ。公演《こうえん》は大成功だったらしい。行った友だちが電話でくわしく話してくれたから。満員のホールでクローディアがヒット曲を歌いまくって……すごく感動的で観客はみんな大興奮《だいこうふん》だったって。それがフランキーのバカには気に入らなかったのよ。『クローディアの歌は自分のことをコケにしてる、男なんかいらないとか、自立した女性《じょせい》を歌った歌詞《かし》があるのはけしからん』というわけ。フランキーはクローディアに最後通牒《つうちょう》をつきつけたの。『コンサートツアーをキャンセルして歌をやめないと別れる』ってね」

「どうして『おまえこそ出てけ』っていわなかったんだろう？」マグダがイカった。

「そのとおり！　ところが信じられないことに、クローディアときたら『かけがえのないアナタにくらべたら、歌なんて取るにたりないわ』なんていったらしいの」

「そんなはずない！」わたしは抗議《こうぎ》した。「クローディアといえば、自立した女性のアイドルでしょ。そんなことといったら、今までの歌が全部ウソってことになるじゃない！」

「あたしもそう思ったわよ。ここまでの話は今朝《けさ》のスポーツ新聞の一面記事に書いてあったんだけど、そんなのただのデマだと信じてここまで来た。PRのためにでっちあげることだってあるじゃない。だけどウソじゃなかった。コンサートはキャンセル。ツアーまるごとね。あの男にいわれたとおり」

それでもまだ信じられない。わたしたちはホールまで行って、直接《ちょくせつ》たしかめることにした。すべてのポスターに《病気のためキャンセル》というシールがはってある。

「ホントに病気なのかも」クローディアはわたしのあこがれだ。どの歌もそらで歌えるし、クローディアのいった言葉は全部覚えてる。それなのにこんなひどい目にあわされるなんて、意地悪されてるみたい。

マグダがチケットオフィスで、払《はら》いもどしをしようとした。スタッフは、さっきの子と同じことをいった。

「返金の手続きは郵送《ゆうそう》で。クローディアのおかげで、こっちまでひどい目にあったよ。全員に払いもどすだけの現金《げんきん》はまだ用意できないんだ。あの女はホントにどうかしてる。フランキーごときのために、歌手生命をドブに捨《す》てるなんて。あんな男、どうせ浮気者《うわきもの》に決まってる。あっという間に、もっと若《わか》くてきれいな金髪《きんぱつ》の子かなんかに乗りかえるにちがいない。そのときクローディアはどうするつもりなんだろう？」

「なんでクローディアがこんなことを……？」わたしはほとんど泣きそうになった。

「元気出しなよ、エリー。だれかほかの歌手のファンになればいいじゃない」マグダがなぐさめてくれる。

「これからどうしろっていうの？」と、ナディーン。「どうしても音楽が聴きたいわ。どこかでなにかやってないかしら」

「だったらオレたちの音楽を聴きに来いよ」

わたしたちはクルッとふり返った。男の子三人のグループがこっちを見てる。みんなまあまあカッコいいけど、ひとりはちょっと雰囲気《ふんいき》がちがう。まっ黒いロングヘアでシルバーのアクセサリーをジャラジャラつけている。ナディーンったらその人に見とれてる。

「あなたたちバンドやってるの？」ナディーンがきいた。

「そういうこと」

とてもそうは思えない……。

「ナディーン、行こう！」わたしが声をかけたけど、ムダというものだ。マグダも小首をかしげて笑顔《えがお》をふりまいてる。

「バンド名は？」

「いろいろ変わったんだけど、今のところただの名もないインディーズバンドっていうことで、バンド名は〈ＩＮＤＩＥ《インディ》〉なんだ。オレたちのイニシャルが全部入ってるんだ。オレはデイブだからＤ、アイツはイアンだからＩ、それからユーアンのＥ。リードギターがオレで、イアンがベース、ユーアンはドラマーだ。あとだれか、ネビルとかニールとか、Ｎがつくヤツがリードシンガーに入ってくれればカンペキなんだけど」そういってデイブはナディーンを見つめた。「もちろん女性《じょせい》ボーカルも歓迎《かんげい》だよ、たとえばＮがつくナディーンとかね」

ゲーッ！　よくもまあ、恥《は》ずかしげもなく、こんな見え見えの手をつかう。それなのにナディーンたら、すっかりアイツらの思《おも》う壺《つぼ》にはまってる。ナディーンは髪《かみ》をかきあげて、長いまつげの切れ長の目でデイブをまじまじと見た。

「ボーカルを探《さが》してるってホントなの？」

「ホントだよ！　ちょっとオレんとこに寄《よ》って、軽くセッションしないか？」

「わたし、歌はダメなの！」

そりゃそうだ。音楽の時間に隣《となり》で歌ってるわたしにはよくわかる。

「あたしはマアママアだけど」マグダが口をはさんだ。

「だったら、きみもおいでよ、赤毛ちゃん」金髪《きんぱつ》のドラマー、ユーアンがいう。

「ベイビー、きみの歌はどう？」ベースギタリストのイアンがこっちを向いた。

ヒトのことを「ベイビー」なんて呼《よ》ぶ男《ヤツ》は許《ゆる》せない。お子さま映画に出てくるブタのベイブあつかいして！　そういえばイアン自身がブタっぽい。まるいブタっ鼻《ばな》でおなかも少し出てる。

「もうウチへ帰んなきゃならないから」わたしはきっぱりことわった。「さあ行くよ、マグダ。ほら、ナディーンも」

マグダは肩《かた》をすくめるとその子たちに手をふった。ところがナディーンはかたまったまま、あやしいデイブを見つめてる。

「ステキな指輪……」ナディーンは大きい銀の髑髏《ドクロ》の指輪に目を向けた。

「つけてごらんよ」デイブはひとつはずしてナディーンに貸《か》してくれた。

「わー！　すっごくステキ。こういうアクセサリー大好きなの」

「ウチに来ればたくさんあるよ。クロスとかも、いろいろ。見においでよ。歌も聞かせてもらいたいし。ホントにメンバーにピッタリの雰囲気《ふんいき》だから。おまえたちもそう思うだろ？」

ナディーンがお願いという顔でわたしを見た。「エリー、どうしようか。少しだけおじゃましてみる？」

わたしはあきれて頭を横にふった。

「さ、行こう。すぐ近くにワゴン車が停めてあるんだ」

「オレのなんだ」ユーアンが、自慢《じまん》げにいった。期待をこめてマグダを見つめながら、「デイブのウチはほんの十分ぐらいだよ。さ、おいでよ」

マグダがめずらしく少しはマトモなことをいった。「やっぱりやめとくわ」そしてわたしと腕《うで》を組み、ナディーンのほうに向き直った。「行くよ、ナディーン！」

ナディーンはわたしたちのほうを見た。それからまたデイブのほうを見た。それから、くちびるをかんで下を向いた。長い髪《かみ》が顔を覆《おお》って、表情《ひょうじょう》は見えない。

「ナディーンったら！」

「ナディーンは、いつも友だちのいうことをきくのかな？」デイブがナディーンの髪をそっとかきあげて顔をのぞきこんだ。

「そんなことない」ナディーンの顔が赤くなった。「わかった。デイブ、おじゃまするわ」

ナディーンはそういって、マグダとわたしを挑戦的《ちょうせんてき》なまなざしでにらみつけた。「じゃ、わたしは行くから。十一時に駅で待ち合わせってことでどう？」

どうしてそんなバカなことを……。わたしたちは、信じられないといったまなざしでナディーンを見つめ返した。どこのだれともわからない三人組の車に乗るなんて、とても正気とは思えない。

「ナディーン、お願い！」いくらささやいてみたところで、いったんこうと決めたら、ナディーンが恐《おそ》ろしくガンコなのは、わたしがいちばんよく知っている。しかもナディーンはまえから、あやしげなインディーズバンドに夢中《むちゅう》だ。ナディーンにしてみれば、夢《ゆめ》がかなう願ってもないチャンスに思えるのかもしれない。かなりの確率《かくりつ》で、夢が悪夢《あくむ》になる可《か》能性《のうせい》があるのに気づかないで……。

「ナディーンひとりで車に乗せるわけにはいかないよ」マグダがヒソヒソいってきた。

「今はなにをいってもムダ。とにかくついてって、だいじょうぶかどうか見届《みとど》けなきゃ」

「でもマグダ、これはどう考えても、絶対《ぜったい》ムチャだよ」

「あたしもそう思う！　だけど、三人いっしょにいればだいじょうぶ。っていうか、なんとかなるんじゃない？」

「マグダ！」

「だけど考えようによってはすごいチャンスだよね？　あの子たちがメジャーデビューして、ナディーンが――それか、もしかしてあたしが――リードボーカルになるかもしれないんだよ」

　もうどうしようもない。ふたりとも手のほどこしようもなくイカれちゃった。ナディーンはさっさとデイブ・髑髏《ドクロ》と行っちゃった。マグダはニコニコしながら、ユーアン・ドラマーに「車はどこですか？」なんてきいてる。わたしはイアン・ピッグを無視《むし》して、最悪な気分でみんなのあとから歩いていった。

　ワゴン車はかなりボロくて古かった。そこらじゅう、ぶつけたあとだらけだし、すごくきたない。マグダはちょっと腰《こし》が引けたみたい。ナディーンでさえためらってる。わたしはナディーンをすばやく引き寄《よ》せて小声でいった。

「ナディーン、あんな車に乗るなんてどうかしてる。あの人たちがどこのだれだか、知りもしないのに」

「知ってるわ。バンドのメンバーよ」

「そんなのでっちあげに決まってるじゃない！　万一バンドをやってたとしたって、ボーカルなんかやらせてくれないよ、バカじゃないの！」

「なんでそう決めつけるの？」ナディーンは傷《きず》ついた顔をした。「デイブのアクセサリーも見たいわ。あの人ステキだと思わない？　すごく魅力的《みりょくてき》だわ」

「まだ会ってから、二分しかたってないじゃない！」

「だって、エリーがいったのよ！　特別な出会いがあるだろうって」

「それにしても、こんな得体の知れない人たちに、のこのこついていくなんて！」

「自分だってそうだったくせに。ラッセルとのときは」

「それは別だよ。ラッセルはこの人たちとは大ちがいだもの」

「そうね。ラッセルは、ただのくだらない高校生。この人たちは大人でカッコいいわ」

どうしたらわかってもらえるんだろう？　ナディーンの脳《のう》みそは豆粒《まめつぶ》サイズに縮《ちぢ》まって、ガンコな石頭の中でカラカラ鳴ってる。まるでデイブの指でニンマリ笑ってる銀の髑髏みたい。もはやナディーンはデイブの手の中だ。

「さあ、行こうぜ」デイブは車の後ろのドアをあけた。

ナディーンは笑顔《えがお》で答えて乗りこんだ。

マグダは首を横にふってみせた。これじゃ行かないわけにいかないね」

「わかってる。だけどどうしてこうなるの？

「なにしてんの、赤毛ちゃん！　早く乗りなよ」ユーアンが金髪《きんぱつ》をかきあげながらマグダを呼《よ》んだ。この人も、見方によっては結構《けっこう》イイ男だ。マグダもそう思いはじめたみたい。

「たまにはちょっと冒険《ぼうけん》するのも悪くないかも」そういってマグダも乗りこんだ。

しかたないからわたしも続いた。だけど、だいじょうぶなわけないじゃない！

8 Running Out Of Time
もう時間切れ

デイブのウチまで十分だなんて、デタラメもいいとこだ。少なくとももう三十分は走ってる。今どのあたりなのか見当もつかない。マグダはまえでユーアンの隣《となり》に座《すわ》ってる。ユーアンは運転中だから、少なくとも片方《かたほう》の腕《うで》はハンドルをにぎってるわけで、マグダはまあまあ無事だ。だけどこっちは後ろの席に、イアンとナディーンとデイブの四人いっしょだ。

ナディーンとデイブは、車が動き出すとほとんど同時に、恋人《こいびと》どうしみたいにイチャつきはじめた。ナディーンが石の柱じゃないってことはじゅうぶん証明《しょうめい》されたわけだ。わたしは目のやり場がない。だからって、イアンのほうなんか絶対《ぜったい》に見ない。

イアンもわたしにそれほど興味《きょうみ》があるわけでもなさそうだ。だけどユーアンが乱暴《らんぼう》にカーブを曲がったりして、体がイアンのほうに押《お》しつけられたりすると、そのままだきつこうとする。

「やめてよ！」わたしはイアンからはなれようともがいた。

「なんだよ。ただ仲良くしようとしてるだけだろ！」

「こっちは仲良くしたくないの！　ちゃんとカレシがいるんだから」わたしはツンケンした。

「だから？　オレだってカノジョぐらいいるぜ。いいからこっち来いよ」

「おことわり！」

「いいよ、勝手にしろ！　まったくつまんないガキだ。少しは友だちを見習ったらどうだ？　向こうはお楽しみ中だっていうのによ」

なんてヤなヤツ！　わたしはイアンがブタになって、鼻で泥《どろ》をほじくり返してるところを想像《そうぞう》した。ピンクのブタっ腹《ぱら》を泥だらけにして。

マグダも楽しんでるわけではなさそうだ。はじめはユーアンの話に笑って相槌《あいづち》を打ったりしてたけど、向こうが調子に乗りすぎたらしく、途中《とちゅう》からプイと横を向いてしまった。ナディーンも少しは心配になってきたみたい。なんとかデイブの手から逃《のが》れようともがいてる。

「ねえ、ここいったいどこ？　もうずいぶん走ったじゃない」不安そうにナディーンがいった。

「もうすぐだよ。次の角を曲がったところだから」

デイブ・髑髏《ドクロ》はそういったけど、実際《じっさい》は次の角でもその次の角でもなくて、もっとずっとずっと先だった。ようやくユーアンがスピードをゆるめて、車は見るからに荒《あ》れた公営《こうえい》団地《だんち》の路地に入りこんだ。商店街は廃墟《はいきょ》と化し、ゴミがあふれ、やせこけた男の子が数人、哺乳瓶《ほにゅうびん》にむしゃぶりつく赤《あか》ん坊《ぼう》のように、ビールの缶《かん》をかかえこんでいる。

「さあ、ここだよ」デイブがいう。

「ここ？」ナディーンはあたりを見まわしてぼうぜんとした。そして――たぶん生まれて初めて――おかあさんそっくりの口調でいった。「まさかここに住んでるっていうつもりじゃないでしょうね？」

「どうかした？　ちょっとワイルドでいいだろう？」デイブは事もなげにいう。「さ、早くおりて」

マグダとわたしは顔を見合わせた。この状況《じょうきょう》でどうしたらいいんだろう？　ナディーンの口紅《くちべに》だらけの顔も、まっ青《さお》だ。

「ねえ、どうしよう。なんかすごくマズいことになってるみたい……」ナディーンが消え入りそうな声でいった。

こんな恐《おそ》ろしい場所、今まで来たことがない。マグダが車からおりると、ビールを飲んでたガキどもが、下品に騒《さわ》ぎたてた。マグダがジェスチャーで黙《だま》らせようとしたけど、よけい調子に乗るだけだった。

「オイ、テメエら、さっさと失《う》せろ！」デイブ・髑髏《ドクロ》がこんな意味のことをいったけど、とてもその言葉どおりにはマネできない。デイブはナディーンをかかえるように、またべったりとくっついた。これじゃ、逃《に》げるのは不可能《ふかのう》だ。ナディーンがちょっと――いや、わりと、というよりかなり、ものすごく――後悔《こうかい》してるのはすっかりお見通しというわけだ。

「こんな時間になってるなんて気がつかなかったわ。悪いけど、やっぱりもう帰らないと」ナディーンがいってみた。

「送ってくから心配ないよ。ただしもう少しあとでね。オレんちでセッションする約束だろ？」

「じつは、全然歌えないの」と、ナディーン。

「気にすることないよ。ダンスは得意だろ？　ナディーンの踊《おど》りを見せてほしいな」

「でしょうね。でも、とにかく今すぐ帰んなきゃならないの！」

「落ち着きなよ、赤毛ちゃん」今度はユーアンだ。「あとで送るっていってるだろう。それよりお手並《てな》み拝見《はいけん》といこう。きみの歌も聞かせてよ」

「今は、歌う気分じゃないから」マグダが切り捨《す》てた。

「だったらまず軽く飲んで、リラックスしよう。そうだデイブ、パーティといこうぜ！」

「そうそう」

「決まりだな」イアン・ピッグも調子に乗ってる。

わたしたちは三人組を見つめた。三人組もこっちを見てる。

「わかった。一杯《ぱい》だけつき合うわ」マグダがいう。

「ダメ！　たのむから逃《に》げよう！」わたしは必死でいった。

マグダは三人組と、ビールを飲んでるヤツらと、寒々とした人気のない歩道を見まわした。「今逃げたところで、絶対《ぜったい》につかまるよ。そしたらマジでひどいことになる。ここはとにかくアイツらのいうとおりにして、なるべく早くチャンスを見つけて逃げるしかないよ」マグダが小声でいった。

「ゴメンね。全部わたしのせいだわ……」ナディーンが嘆《なげ》いた。

「おい、なにぐずぐずしてるんだ？　早く来いよ。こっちだ！」

デイブにいわれて、わたしたちはあとに続いた。こうなったらもうどうしようもない。

ひどいにおいのするエレベーターで最上階にあがった。あんまり速くて気持ち悪くなる。やっとエレベーターから出て、外の空気にほっとしたのもつかのま、ベランダから見おろす風景にまた目がまわりかけた。さびたペンキがてのひらにつくのもかまわずに、わたしは手すりにしがみついた。はるかに見おろす建物は、おもちゃのよう。屋根から屋根へ、飛び石のようにわたっていけそうだ。

「なかなかのながめだろ？」イアン・ピッグがすぐ後ろに来た。

わたしはイアンからはなれようとして冷たいコンクリートの壁《かべ》に体を押《お》しつけた。目のまえにはなにもない。思わず、はるかかなたのマッチ箱のような下界を見おろしてしまった。イアンのブタっ鼻が近づいてくる。頭に血がのぼって、ドクドクいうのが聞こえる。ひざがガクガクしてまっすぐ立っていられない。イアンのベトベトした手が肩《かた》をぎゅっとつかんだ。思わず声をあげた。

「こわいんだろ？　だいじょうぶ、オレが守ってやるからさ！」

「手をはなしなさいよ！」ナディーンもまっ青《さお》になってガタガタ震《ふる》えてる。

「カリカリするなよ。からかってるだけさ。さあどうぞ、お入りください」デイブ・髑髏《ドクロ》がかまわずにいった。

外よりは中のほうが少しはマシかもしれないと、ほんの少しでも期待してたのがまちがいだった。たとえばナディーンの部屋みたいな、黒い壁《かべ》とか、雰囲気《ふんいき》のあるインテリアやポスターとか、銀のキャンドルとかいうものを期待したのが。部屋の中は、きたないガラクタだらけで、ひどくよごれてるだけだった。お酒とタバコのにおいがしみついている。

「お屋敷《やしき》にどうぞとはいわなかったはずだよ」わたしたちの表情《ひょうじょう》を見て、デイブがからかった。そしてさえないオンボロのギターを少し弾《ひ》いてみせたけど、大した腕前《うでまえ》とは思えない。

「さあナディーン、歌ってみない？」

ナディーンは必死に首を横にふった。

「じゃあ、赤毛ちゃんはどう？」ソファに座《すわ》ったユーアンがひざをドラムのようにたたいてる。

「なんだか気分が乗らないのよね」

「いいさ――そのうち、気分を盛《も》りあげてやるよ」デイブがイアンに目で合図をした。

「おい、飲み物をたのむよ」

「一杯《いっぱい》だけの約束よ」マグダは答えながらドアのほうを見た。わたしのいったとおり、逃《に》げるならやっぱり今しかないかも、と考えてるみたい。

だけどデイブに見つかってしまった。デイブはギターを弾く手を止めると、ドアのところまで行って、二重に鍵《かぎ》をかけた。それからジーンズのポケットに鍵を押《お》しこむとニヤッと笑った。

これでおしまいだ。本当に逃げられなくなってしまった。わたしたちがここにいることはだれも知らない。家族はわたしたちがクローディアのコンサートに行っていて、だれかのおとうさんの車で帰ってくると思いこんでる。心配しはじめるのはまだ何時間も先のことだ。電話をかけ合って、わたしたちがどこにもいないとわかったところで、探《さが》し出す方法はない。どこのだれにも探せない。自分たちでさえ、ここがどこなのかわからないんだから。

まだ気持ち悪い。ホントに吐《は》きそうだ。トイレ、トイレと呪文《じゅもん》のようにつぶやきながら、やっとのことでトイレを探《さが》し当てた。倒《たお》れこむようにジメジメした小部屋に入ると、脱出《だっしゅつ》方法を必死で考えた。本当なら、今ごろはクローディアのコンサートを楽しんでいたはず。それが、まるで悪夢《あくむ》の中にいるみたい。しかも状況《じょうきょう》は刻一刻《こくいっこく》と悪くなっていく。

わたしはうすぎたないリビングの、みんなのところにもどった。今度はイアン・ピッグがギターを弾《ひ》いていた。この腕前《うでまえ》じゃ本物のバンドのはずはない。三人組はもう缶《かん》ビールをあけていた。マグダとナディーンも手にひとつずつ缶を持たされていた。

「みんなどうしたんだよ？　飲もうぜ」デイブ・髑髏《ドクロ》がビールを投げてよこしたから、しかたなく受け取った。

「なんで飲まないの？　ビールは好きじゃない？　だったらこっちのほうが気に入るよ」デイブは戸棚《とだな》からウォッカのビンを取り出した。「ほら、少し飲んでみな。リラックスできるから」そういってわたしにビンをまわした。

「じつはお酒飲まないんです」

三人組はバカにして笑った。

「コイツ全然ダメだ」イアン・ピッグがいう。

ユーアンがマグダをひざに乗せようとしたけど、マグダはその手をきっぱりと押《お》しのけた。

「おい、コイツらハズレじゃないか？　まだケツの青いただのガキじゃん」

「ナディーンはガキじゃないぜ。なあ、ベイビー？　イカす指輪とかもっとあるから、あっちで見せてやるよ」デイブはベッドルームのほうを指さした。

「今は遠慮《えんりょ》しとくわ」消え入りそうな声でナディーンがいった。

デイブがウォッカのボトルをわたし、ナディーンはほんの少し口をつけただけでゲホゲホむせた。

「あたしにもまわして」マグダがナディーンからボトルを取りあげた。

威勢《いせい》よくボトルをあおってるけど、くちびるはかたく閉《と》じたままで、じつはただの一滴《てき》も飲んでいない。まるで三杯《ばい》も飲んだみたいに「フーッ！」と息をついて口もとをぬぐった。「これでやっと落ち着いた。ねえ、なんかCDでもかけてくれない？　そのほうが緊《きん》張《ちょう》しないで歌ったり楽器ひいたりできると思うから」

実際《じっさい》、音楽がガンガンかかってたほうが少しは気がまぎれる。三人組はビールをガブガブ飲み、ウォッカを回し飲みした。わたしたちも飲んでるふりをした。マグダは必死に雰《ふん》囲気《いき》を明るくしようとしてる。ナディーンは少しずつ、デイブからはなれようと努力していた。

「待ってな」デイブがベッドルームから小さいバッグを持ってきた。どうしよう。マリファナかなんかのクスリに決まってる。

「あら、サイコー」ナディーンがいった。

わたしはパニックしてナディーンを見つめた。ナディーンは小さくウィンクしてみせた。ほんの一瞬《いっしゅん》まぶたが動いただけだったけど、意味はちゃんと通じた。マグダもこっちを見てうなずいた。デイブ・髑髏《ドクロ》とユーアン・ドラマーとイアン・ピッグが特別なタバコを巻《ま》きはじめた。デイブが自分のに火をつけて、深く吸《す》いこんでからナディーンにまわした。

「サンキュー」ナディーンは立ちあがりながら受け取ると、窓《まど》のほうに歩いていった。

「いいながめね」といいながらこっちに背中《せなか》を向けて、マリファナを深く吸いこむふりをした。マグダも窓のところに行った。

「あたしにも貸《か》して」そういって、マグダもマリファナをやるふりをしてる。

わたしがみんなのほうに行こうとしたとき、イアン・ピッグがまた隣《となり》に来た。

「もっと軽いのじゃなきゃヤダ、とかいうなよな」

イアンを怒《おこ》らせないように、わたしはあいまいに笑ってみせた。

「ほら、こうするんだよ」イアンはマグダからマリファナを取りあげると、目の前でふってみせた。

「ありがとう。だけどちょっと待って……」わたしは急いで立ちあがった。「トイレに行きたいの」

「さっきも行っただろう。具合でも悪いのか？」イアンはゆっくりとクスリを吸いこみながらきいた。

「なんか調子悪くて。すぐもどるから」

トイレの中でもう一度考えた。どうにかしてここから出なければ。窓《まど》を見あげた。高すぎるし、小さすぎる。話にならないくらい小さい。便器の上にのぼっても腕《うで》が通るだけの大きさだ。頭を出すこともむずかしそう。体なんてどう考えても無理だ。だけど――ほかの窓は？

トイレから出ると、しのび足でキッチンに行ってみた。流し台の上に大きい窓がふたつある。水切り板の上によじ登れば……。これならなんとかベランダにとびおりられそう。ナディーンも。もちろんマグダも。

わたしは頭をはたらかせた。

蛇口《じゃぐち》をあけて、ジャージャー水を流した。顔をビショビショにぬらして、お気に入りのパールグレーのシャツにも冷たい水をかけた。それから深呼吸《しんこきゅう》すると、大声でさけんだ。

「マグダ！　ナディーン！　ちょっとこっちに来て」

イアン・ピッグがのぞきこんだ。「ちょっとお嬢《じょう》ちゃん、なにしてんの？　さけんじゃって」

「お願い、こっち見ないで。気持ち悪くてもどしたの。ウォッカを飲みすぎたみたい。こんな姿《すがた》見られたくない。きれいにするまで待っててよ。友だちを呼《よ》んで。ティッシュとか持ってるから」

「まったく、どうしようもないガキだな」ウンザリしたイアンは「わかったわかった。呼んできてやるよ」といってリビングへ行った。

イアンがいなくなると、マグダとナディーンがすぐに走ってきた。

「エリー、吐《は》いたんだって？」マグダがいう。

「全部わたしが悪いんだわ！」ナディーンは泣きそうだ。

「シーッ！　早くドアしめて！　窓から外に出よう」ふたりに小声でいった。

「すごい！」

「よく考えたわね！」

「言《い》うは易《やす》し、行《おこな》うは難《かた》しよ」水切り板に足をかけて、なんとか自分の体重を持ちあげようとしながら、わたしがあえいだ。

マグダが押《お》す。ナディーンも押す。わたしは突然《とつぜん》水切り板の上にいた。窓の取っ手をつかむ。窓枠《まどわく》全体が腐《くさ》りかけていて、あこうとしない。わたしは手が痛《いた》くなるのもかまわずに、必死で引っぱったりたたいたりした。しまいには片方《かたほう》の靴《くつ》をぬいで、最後の望みをかけて靴で思いっきりたたいた。やっと少し動いた。とうとう窓があいた。

ナディーンはもう隣《となり》にあがってきていて、今度はマグダがのぼるのを手伝った。

「どうしよう！　下までずいぶんある。飛びおりたら足の骨《ほね》が折れちゃうよ」

「あんなヤツらに閉《と》じこめられてるくらいなら、首の骨を折ったほうがマシだよ」そういってマグダがいちばんに飛びおりた。ハイヒールなのによろめきもせず、子猫《こねこ》のように軽やかに着地した。次はナディーンだ。手足をメチャクチャに動かしながら飛びおりて、結局おしりからドスンと落ちたけど、なんとかケガはしないで立ちあがった。

わたしの番だ。そんなことといわれても。わたしはベランダの向こうに広がる空間を見つめた。もし加減《かげん》をまちがえて、飛びすぎてベランダをこえてしまったら……？

じっとりと汗《あせ》ばんだ両手をにぎりしめる。

「エリー、早く」ナディーンがささやいた。

「ヘンダーソンがいったとおりやればいいんだよ。ひざを曲げてバネをきかせて」マグダが呼《よ》びかけた。

わたしは飛んだ。ひざを曲げて。だけどバネをきかせるのは失敗した。よろめいて、つまずいて、ころんだけれど、なんとか無事に冷たいコンクリートのベランダにおりることができた。

「よし。さっさと逃《に》げよう」マグダがエレベーターのボタンを押した。

「アイツら、もうかなりラリってるはずよ。追いかけてくるにしても、しばらくは時間がかかると思うわ」ナディーンがいった。

「早く来い、エレベーター」ボタンを何度も押したのに、なんの反応《はんのう》もない。わたしたちはデイブの部屋のドアがあきませんようにと、祈《いの》るような気持ちで見つめながらエレベーターを待った。アイツらが、いつ気がついて追いかけてくるともしれない。

「こうなったら階段《かいだん》をおりるしかないよ」

そこで三人は階段をめざして通路をかけだした。なんかヘンだ。バランスが悪くてよろけてしまう。足首をねんざした？　理由がわかった。

「靴《くつ》！　キッチンにおいてきちゃった！」

「今さら取りにもどれないよ」あえぎながらマグダがいった。

「シェリーズで買った、いちばんのお気に入りだったのに……」わたしが嘆《なげ》いた。

「わたし、お金をためて、エリーに新しいのを買ってあげる」ナディーンがハアハアしながらいった。「マグダにもなんかプレゼントする。好きなものいっていいから。あなたたちには、なんとしてもつぐなわなきゃ」

「次の階までおりたら、もう一度エレベーターをトライしてみる？」マグダがいったけど、わたしは反対した。

「もしアイツらが乗ってたらどうすんの？」

「ヤダ、そうだよね！　よし、やっぱり階段で行こう」

そこでわたしたちは、下へ、下へとおりていった。タイツはとうの昔にやぶれて、冷たいコンクリートをふむたび足が痛《いた》む。ひざがきしみ、胸《むね》が苦しく、息は切れてあえいでいるというのに、まだ半分も来ていない。さらに下へ下へ……。体じゅう汗《あせ》でベトベトだ。髪《かみ》の毛《け》は爆発《ばくはつ》している。パールのヘアピンがひとつ落ちそうになった。なくさないように、必死でにぎりしめながら、ラッセルのことを思った。そしてまた下へ下へ……。もう息ができない。足が痛くてたえられない。アイツらが追いかけてきたらどうしよう？　今つかまったら、どんな目にあわされることか。

「早く！」

「これ以上は無理！」ナディーンがあえいだ。

「ステップエアロビにはもう二度と行かない」マグダがうめいた。

下へ、下へ。わたしたちは、階段の最後の踊《おど》り場《ば》を曲がり、突然《とつぜん》、中庭におり立った。

「こっちよ！」マグダが先頭に立った。

「待って。なるべくはじのほうを歩いて！　上からのぞかれるといけないから」わたしが注意した。

わたしたちは壁伝《かべづた》いに歩いていった。何百段《だん》も階段をおりたあとで、ひざがガクガクしている。

「どっちから来たっけ？」

「覚えてない」

「どっちでもいいよ。とにかくこの団地《だんち》を出よう」

わたしたちはかけだした。アーチをくぐり、角を曲がった瞬間《しゅんかん》、例のビールのガキどもに鉢合《はちあ》わせしてしまった。

「見ろよ！　さっきの気取ったヤツらだぜ」

「あれが生意気にやり返してきた女だ。アイツはオレがいただくからな！」

「オレはこの太ったヤツをいただくぜ」別の子がそういって、こっちに手をのばしてきた。

わたしは、そいつの顔をひっぱたいた。相手は悲鳴をあげてよろめくと、頭をかかえこんだ。仲間はびっくりしてその子を取り囲んでる。

「早く」わたしたちはまた走りだした。出口を見つけるまでに団地の中をほとんど一周して、とうとう表通りに出た。

「今度はどっち？」わたしは息も絶《た》え絶《だ》えにきいた。

「いちばん近い地下鉄の駅に行こう」マグダがいった。

「エリー、あのパンチはサイコーだったわ！」ナディーンがいった。

「パンチじゃなくて、ただのジャブだよ」わたしはにぎりしめていたヘアピンをふたりに見せた。

「あのアパートの三人組にもお見舞《みま》いしてやればよかったのに！」マグダがいった。

「そんなことして、反対にどんなにひどい目にあわされたかわかったもんじゃないわ」ナディーンがいった。

「なんだかあんまりいろいろありすぎて、現実《げんじつ》とは思えない。ホントなら今ごろはクローディアのコンサート会場にいるはずでしょ。それが知らない町で、酔《よ》っぱらいのクスリ中毒のヤツらに追われてるなんて」

「やめてよ!」ナディーンが心配そうにふり返った。「自分でも、なんであんなバカなことしたのか信じられないわ。でもふたりとも、わたしのこと見捨《みす》てないでくれて本当にありがとう」

「それが親友ってもんでしょ」とマグダがいった。「それにしても、ここはどこ?」

「ひょっとすると地球じゃないかも。クローディアのコンサートがはじまる直前に、異次《いじ》元《げん》に入りこんだのかもしれない。だって、クローディアがくだらない男のために歌手をやめるなんて、どう考えても現実《げんじつ》にはありえないよ。きっと本当の世界では、クローディアはコンサートの舞台《ぶたい》に立っていて、わたしたちもいっしょに歌ってる。こわいヤツらやあやしいヤツらがゴロゴロいる、わけのわからない不気味な世界に迷《まよ》いこんでしまったわたしたちは、もう一生出られないんだ!」

いい終わった瞬間《しゅんかん》、パブのドアがあき、酔《よ》っぱらいが何人かよろめきながら出てきて、わたしたちにぶつかった。三人は悲鳴をあげた。

「おや、悪いね、嬢《じょう》ちゃんたち！」

「ケガしなかったかい？」

「ちょっと飲みすぎちまって」

「ちょっとどころか、だいぶん飲みすぎちまって」

「どこへ行くんだい？」

「こんな遅《おそ》くに、カワイイ子がうろうろしてるとあぶないよ」

いわれるまでもない。その酔っぱらいは危害《きがい》を加えそうには見えなかったけど、油断《ゆだん》は禁物《きんもつ》だ。わたしたちはまたかけだした。

「なんだか二十四時間マラソンで、エアロビクスをやってるみたい」通りをつき当たって、角を曲がったところで、ハアハアしながらわたしがいった。

「ヘンダーソンがほめてくれるわよ」ナディーンもゼーゼーいっている。

「ヘンダーソンには、まちがいなく、ものすごくしかられるよ。ひと晩《ばん》じゅうバカなことばかりして」わたしはスピードを落とした。「こうやってただうろうろしてもムダだよ。

だれかに地下鉄の場所をきこう」

交差点に深夜オープンのビデオ屋があった。カウンターの人にたずねたけど、首を横にふられた。

「このあたりに地下鉄はないよ。ロンドンへはバスがあるけど、この時間にまだ走ってるかどうか。それにパブが終わる時間には、バスではいろいろな騒《さわ》ぎもあるようだ。自分の娘《むすめ》なら、この時間にバスに乗ってほしくないね」

「さあ、こまった。どうすればいい？」マグダがたずねた。

「こうなったらウチに電話するしかないんじゃない？」わたしが答えた。

「父親に殺されるわ」とナディーン。

「ウチもよ」マグダがいった。

「ウチだって同じだよ。だけど、ひと晩《ばん》じゅう歩きまわるわけにもいかないじゃない」

「じゃあ、タクシーは？　だけどわたし余分《よぶん》なお金ないわ」ナディーンがいった。

「あたしもよ」

ナディーンとわたしは期待をこめてマグダを見つめた。

「あたしだって、ロンドン経由《けいゆ》でウチまで行けるほどは持ってない。だけど地下鉄の駅ぐらいまでなら、なんとかなるかもしれない。そうすれば電車の切符《きっぷ》も使えるし」

「終電って何時だろう?」心配になってきた。

「わかんないけど、たぶんすごく遅《おそ》いはずだよ」とマグダが答えた。

「もう、すごく遅いわよ」とナディーンがいう。

「この異次元《いじげん》空間では、遅《おく》れてばかりだね――」わたしがいいかけると、マグダがじゃまをした。

「やめてよ、エリー! わざわざ作り話なんかしなくたって、じゅうぶんこわい思いしてるんだから」

「少なくとも三人はいっしょよ」ナディーンがわたしとマグダの腕《うで》を組んだ。

「ところが、この世界にはクローンがいるんだな。三人のうちのだれかがニセモノかもしれないよ! あやしいのはナディーンだね。あのあやしい三人組につかまるようにしむけたでしょ？　それともマグダかも。じつはひとりだけタクシーに乗って、ナディーンとわたしを見捨《みす》てるつもりだったりして。それともわたしかな？」

「あんたはありえないよ、エリー。どんなエイリアンも、あんたみたいにイカれた頭のプログラムなんてまねできっこないから」いったとたん、マグダは急にピョンピョン飛びはねて、大きく腕《うで》をふりまわしはじめた。

「イカれたって、わたしが？」

「タクシーだよ！」マグダがさけんだ。

みんなで飛びはねて、腕をふりまわすと、タクシーが止まってくれた。わたしたちはとび乗った。

「じつはすごく悪いんですけど、あまり持ち合わせがないんです」マグダが切り出すと、運転手も「そんじゃ、すごく悪いけど、今すぐこの車からおりてもらわないと」といった。だけど目が笑ってる。「まったくしょうがない子たちだな。そんで、いくら持ってるんだ？　どこまで行くつもり？」

マグダが運転手に五ポンド札を出して見せた。ナディーンとわたしも硬貨《こうか》をかき集めた。

「そんだけありゃあ、まあまあだよ、お嬢《じょう》さん」運転手はそういったあとで、わたしたちの住所を聞いて、おどろいてヒューッと口笛を吹《ふ》いた。「それは無茶だ。たとえお金を持ってても、そんな遠くは行けないね」

「近くの地下鉄までならどうですか？」マグダがたのみこんだ。

「それだったらいいよ。そこからウォータールー駅に出て電車に乗り換《か》えるんかい？」

「そのつもりなんですけど。終電の時間はわかりますか？」

「よく知らねえな。だけど急いだほうがよさそうだね。切符《きっぷ》は持ってんだろう？」

「だいじょうぶです」と答えてから、ポケットの中が空《から》なのに気がつき、わたしはパニックしてそこらじゅう引っかきまわした。

「よっぽど忘《わす》れっぽいんだね。さっきから気になってたんだけど、靴《くつ》も片方《かたほう》忘れてるよ！」

運転手にいわれて、わたしはやぶれタイツのあわれな冷たい足をもじもじさせた。

「正確《せいかく》にいうと、忘《わす》れたわけじゃないんです」

「なにもかも、わたしのせいなんです」ナディーンがため息をついた。

「まさか、あぶない目にあったんじゃあるまいね」運転手がたずねた。

「あぶないところでしたけど。でもなんとか逃《に》げてきたんです」

「なんてこった！　まったく近ごろの若《わか》い子ときたら！　いったい何歳《なんさい》だい？　十五くらいかな？」

わたしたちは、あえて運転手のまちがいを直そうとはしなかった。

「ずいぶん遅《おそ》くまで遊んでんだねえ。自分ではなんでもわかってるつもりだろうが、ときどきバカなこともすんだから。そこのカールヘアのお嬢《じょう》さんがいい例だ。切符《きっぷ》もなければお金もない、どうするつもりだい？」

「あっ！　あった！」バックのいちばん奥《おく》からクシャクシャになった切符が出てきた。

「あんたはホントに運がいい子だよ」運転手は笑いながらいった。

わたしたちは本当に運がよかった。親切なタクシーの運転手は、ウォータールー駅まで乗せてくれた。しかも運転手は、料金が五ポンドになるとメーターを止めて、小銭《こぜに》の分も受け取ろうとしなかった。

「それは、電車からおりたとき、おとうさんに電話する分にとっときな。あんたらみたいなちゃんとしたお嬢さんは、ま夜中に出歩いたりしちゃいかんよ」

でも、結局だれもウチには電話しないですんだ。

終電の中で、偶然《ぐうぜん》知り合いと出会ったからだ。知り合いとは、こともあろうにウィンザー先生だった。しかも、先生はカノジョといっしょだった。ふたりは仲良く隣《となり》どうしで座《すわ》っている。

「おい、エリー。ナディーン。それにマグダじゃないか！」

Vネックの長袖《ながそで》Tシャツに、黒いジャケットに黒いパンツの装《よそお》いのウィンザー先生は、すごくステキでカッコいい。

「紹介《しょうかい》しよう、こっちはミランダ」

ミランダは先生に負けず劣《おと》らぬ美形だ。おしゃれに編《あ》みこんだ長い黒髪《くろかみ》、大きな褐色《かっしょく》の瞳《ひとみ》、コンパクトなストライプのチビTとブラックジーンズをまとったセクシーなボディ。

「こんにちは！　ウィンザーくんの生徒なのね？」ミランダはいたずらっぽく笑った。

ウィンザーくんだって！！！

わたしたちもクスクス笑ったけど、マグダの笑い声は少しひきつってる。

「こんな遅《おそ》くまでどこに行ってたんだ？」ウィンザー先生がたずねた。

「話せば長いんです。クローディア・コールマンっていう歌手のコンサートに行く予定だったんです――」わたしの話をミランダがさえぎった。

「クローディアなら知ってるわよ。大ファンだもの。わたしたちもコンサートに行くつもりだったの。それがキャンセルされちゃったから、ふたりでロンドンじゅう歩きまわって、なにかやってないか探《さが》したんだけど、結局カントリーをやってるところしか見つからなくてね。それが、サエないブロンドの女《コ》が、タミー・ウィネットの物まねなんかやってるの。〈スタンド・バイ・ユア・マン〉とか。お願いだからやめてって感じよね！　しかもカントリーラインダンスまではじまったのよ」

ナディーンが身震《みぶる》いをした。

「ところであなたたちは、クローディアのかわりにどこに行ったの？」

だれもしゃべろうとしない。みんな肩《かた》をすくめてる。ナディーンはきまり悪そうだ。マグダは最初からかなり気まずそうにしている。なんとかわたしが答えなきゃ。

「三人で出かけたんです」そしてすぐに話題を変えて、クローディアの歌の話をはじめた。

ふだんならひと晩《ばん》じゅうでもしゃべれるのに、電車に乗っているあいだじゅう話し続けるのはさすがにキツかった。しかもマグダもナディーンも、「うん」とか「そう」とかしか口にしない。

先生たちはわたしたちと同じ駅でおりた。

「みんなどうやってウチまで帰るんだ？　だれかむかえに来るの？」

「心配いりませんから」

ウィンザー先生は納得《なっとく》してうなずいたけど、ミランダはあやしいというようにこっちをにらんだ。

「それ、来るってこと？　それとも来ないってこと？」

「それが……来ないんです」わたしはしかたなく白状《はくじょう》した。

「よし。どうやら、送っていったほうがよさそうだな」ウィンザー先生はため息をついた。

「もう、子どもじゃありませんから」マグダがことわろうとしたけど、ミランダはなぐさめるようにいってくれた。「それはそうよ。だけど、深夜の駅のまわりって、あんがい油《ゆ》断《だん》できないの。わたしだって、友だちとロンドンに出かけて遅《おそ》く帰るときは、こわいからウィンザーくんに駅までむかえに来てもらうもの。だから気にしないで。お宅《たく》まで送らせてちょうだい。三人合わせて靴《くつ》が五個《こ》しかないんだから、ほうっておけないわ」

マグダは、この申し出をありがたく受け入れるほかなかった。かわいそうなマグダ。ウィンザー先生にカノジョがいるというだけでもツラいのに、そのミランダが「1・すごく美しい」のみならず「2・すごくやさしい」というのはほとんど拷問《ごうもん》に近い。わたしは何度もミランダのほうを見て、なにか弱みを見つけようとしたけれども、まるでダメだった。今度はウィンザー先生のほうを観察して、どこか老《ふ》けて見えるところがないか、必死に探《さが》した。それさえ見つかれば「あんな人やめときな」ってマグダを説得できるのに。だけど先生のほうも、髪《かみ》はいつもと変わらずまっ黒に光り輝《かがや》いているし、胸《むね》をはって姿勢《しせい》もいい。

先生はみんなの住所をたずねて、順番に家まで送ってくれた。フツーならマグダがいちばん最後になるはずだけど、先生は少し遠回りをしてマグダを先におろした。先生も内心は、見かけほどクールじゃないのかもしれない。マグダが先生のウチに押《お》しかけたことを、ミランダに話したようには見えなかった。

「なんてカワイイ子なの。ヘアスタイルがサイコー！　それにしてもずいぶんおとなしいのね」マグダが車からおりて、玄関《げんかん》にとびこむのを見送りながら、ミランダがいった。

ナディーンとわたしは暗闇《くらやみ》でひじをつつき合った。マグダが「おとなしい」といわれたのはたぶんこれが初めてだ！

「ねえ、あの子、授業《じゅぎょう》でもあんまりしゃべらないの？」ミランダは続けた。

「そんなことないよ、マグダだってしゃべるときはしゃべるさ。さてナディーン、次はきみだよ」

ナディーンも無事送り届《とど》けられた。さよならのまえにナディーンは、ゴメンねの気持ちをこめてわたしの手をぎゅっとにぎった。

車の中は、先生とミランダとわたしの三人になった。

「ねえ、ウィンザーくんの授業《じゅぎょう》はおもしろい？」ミランダがいたずらっぽくきいてきた。

「ミランダ！」

「とてもすばらしい授業です」わたしは本心から答えた。

「ホントに？　この人、最初の週なんか、ものすごく緊張《きんちょう》してたのよ。そういえば、エリーは何年生なの？」

「九年生です」

「あっそう！　この人、とくに九年生のことをこわがっててね、きっと大変だろうなっていってたの」

「ミランダ、かんべんしてくれよ！」

「そんなにテレなくてもいいじゃない！　それがね、フタをあけてみたらなにもかもうまくいったって、ものすごく興奮《こうふん》しながらかけ足で帰ってきたの。今でも九年生のクラスはベタぼめよ。あらゆる点で才能《さいのう》にあふれてるんですって」

「ミランダ、これ以上よけいなことをしゃべると、非常脱出用《ひじょうだっしゅつよう》ボタンを押《お》して座席《ざせき》を切りはなすからな」先生が笑いながらいった。

「そういえばね、ひとりものすごく才能のある子がいるんですって。ふだんは楽しいイラストを描《か》いてるんだけど、本格的《ほんかくてき》な肖像画《しょうぞうが》を描かせてもすごく力があるそうよ。なんていう名前だったかしら」

「だれのことですか？？」

先生とミランダはふき出した。ふたりの目がわたしを見てる。

「エリーったら、自分がウィンザーくんの大のお気に入りだってことに気がついてなかったの？　いつもあなたの話ばかりしてるんだから」

「えー、ウソみたい！　ホントですか？　すごい……」わたしはあせりまくった。だけどものすごくうれしい。先生の大のお気に入りだって！　なんだか自分がスターにでもなった気分。車の座席《ざせき》に座《すわ》って輝《かがや》いているわたし。先生の車も、わたしの輝きを受けて今にも光りだしそう。

ウチに帰っても、わたしはまだ輝きに包まれていた。あれだけの大冒険《だいぼうけん》にもかかわらず、ちゃんと十二時のシンデレラタイム一分まえには玄関《げんかん》に入っていた。

玄関で残ったほうの靴《くつ》をぬぎ捨《す》てると、身づくろいをして、なにごともなかったかのようにリビングに入っていった。おとうさんは眠《ねむ》そうにテレビを見ている。アンナはいつものように、複雑《ふくざつ》なデザインのセーターとにらみ合っている。小さいテディベアのマスコットを毛糸に留《と》めるのに苦労してるみたい。

「コンサートは楽しかった?」

一瞬《いっしゅん》答えに詰《つ》まった。だけど「うん」といったほうが話が簡単《かんたん》だ。だからわたしは、そう答えた。

「コンサートのあと、マグダのおとうさんとはうまく会えたのかい?」おとうさんにもきかれて、わたしは「もちろん」と返事をした。

「ねえアンナ、そのテディ、なんだか首をつったみたい。ちょっと元気ないよ」

「それでこまってるの。だけど、ほかにぬいつける方法が思いつかなくて。ポケットにつけたりしたら、全体のデザインが台無しになるの。明日までに仕上げなくちゃならないのに」

「そんなに仕事を引き受けて、どうかしてるぞ」おとうさんがあくびしながらアンナにいった。「さて、オレは寝《ね》るとしよう。アンナもういいかげんにしなさい。明日また考えればいいだろう。疲《つか》れてるみたいだぞ」

「ダメ。今やらなきゃ！　なにか方法があるはず」

「ねえ、マジックテープを使ったら？　かんたんにくっつくんじゃない？」

「そうだわ！　ああエリー、あなた天才よ」アンナはわたしにだきついてキスをした。

「そこまでするとはね！」おとうさんがからかいながら、アンナとわたしのふたりを大きな腕《うで》でだきしめた。「だけどエリーはホントにイイ子だ。このごろは、おとうさんたちにかくしごともしないからうれしいよ。もう、バカなウソをついたりしないよな？」

小さいころよくいわれた。ウソをつくと舌《した》に黒い点々ができるぞって。

「もう、そんなことしない」そういいながら、大ウソつきのわたしは、まっ黒けになった舌をかくした。

だけど、だいじょうぶ。バレるはずないもの。

そう思ったのはつかのまだった！　翌《よく》土曜日の朝刊《ちょうかん》に、クローディア・コールマンがコンサートをキャンセルしたことがデカデカとのっていた。

ああ、だれか助けて！

「エリー！」おとうさんの雷《かみなり》が落ちる。

わたしは嵐《あらし》のまっただ中に投げこまれた。なんとか事情《じじょう》をわかってもらおうとした。何度も何度も努力した。

だけどおとうさんの怒《いか》りはどうにもおさまらない。

マグダから電話がかかってきた。マグダのママも新聞記事に気づいたらしい。

ナディーンからも電話が来た。ナディーンも同じ状況《じょうきょう》のようだ。

ホントなら、今日の午後、三人で買い物に行く約束だったのに。外出禁止《きんし》。これからは当分のあいだ、三人とも、学校以外どこにも出かけてはいけないときびしく申しわたされた。

ラッセルも電話をくれた。

「やあ、エリー！　元気？　コンサートはどうだった？　こっちのダンスはかなり悲惨《ひさん》だったよ。来なくて正解《せいかい》だったよ。バカバカしくて、おまけに気取ってて、どうしようもなかったよ。そんなとこでカノジョなしのその他大勢《おおぜい》といっしょに、ただつっ立ってるのもつまらなかったから、さっさと引きあげた。エリーの足もとにもおよばない女の子しかいなかったしさ。そんなわけで早くウチに帰ったら、親父《おやじ》にえらく喜ばれたんだ。『やっと責任《せきにん》ある人間としてふるまえるようになった』とかいいだして、謹慎《キンシン》をおしまいにしてくれた。だからもう、ちゃんとしたデートに行けるよ。今晩《こんばん》はどう？　行きたい場所はもう決めてあるっていっただろう？　七時半からの〈ガールズ　アウト　レイト　2《ツー》〉を見にいこうよ。まだリオの映画館《えいがかん》ならやってるんだ」

「それがね、ラッセル、問題があるの」

「こわくても心配ないよ。しっかり手をつないでてあげるから。みんないい映画だっていってるよ。芸術《げいじゅつ》作品とはいえないけど、サイコーの娯楽《ごらく》映画さ」

「あのね、ラッセル――」

「でもいいよ。本当にイヤだと思ったら、無理に見なくていいから。どこにでも、エリーの行きたいところに行こう」

「〈ガールズ アウト レイト 2《ツー》〉には行けないわ。夜は外出できなくなっちゃったの。夜以外でもダメなの。聞いて、ラッセル。大変なことが起きたの。おかげでもう当分のあいだは、どこへも出してもらえそうにない」

わたしは説明した。聞きながらラッセルは、うめいたり怒《おこ》ったり。「そんなあぶないことをするなんて!」としかりとばした。わたしたちのまともなデートは結局のところ、当分おあずけだ。

「ということは、放課後のマクドナルドでの密会《みっかい》に逆《ぎゃく》もどりってこと？」

「そんなところかな……」

「うーん、それ以上どうしようもなさそうだな。だけどいつかはぼくたちもとびきりのデートに出かけなきゃ。約束だよ！」

「約束する」

「よかった。だって、エリーはすごく大切な人なんだ」しばらく言葉がとぎれた。なにか大切なことをいおうとしてる。「エリー……愛してるよ」

すぐには言葉が出ない。わたしはエッグが盗《ぬす》み聞きしてないかどうか、たしかめてから答えた。「わたしも愛してる」そうささやいて、受話器をおいた。

そして、またすぐ受話器を手に取る。どっちに先にかけようか？　マグダ？　それともナディーン？　たった今ラッセルがいってくれた言葉を、早く親友に聞かせなきゃ！

（つづく）

訳者あとがき

本書『ガールズ アウト レイト：もう帰らなきゃ!!』（原題 Girls Out Late）は英国児童書界のベストセラー作家ジャクリーン・ウィルソンの「ガールズ」シリーズ第三巻です。前作の『ガールズ アンダー プレッシャー：ダイエットしなきゃ!!』ではロンドンのハイスクールに通う主人公エリーが、ダイエット願望からあやうく拒食症になりかけましたが、読者から「エリーはわたし自身です」「エリーに自分を見つめ直す勇気をもらった」と多くの共感の声が寄せられました。

この巻では、男の子には縁がないはずのエリーに、大好きな美術がきっかけで新しい恋人が現れます。天にも昇る心地のエリーですが、門限に遅れたため父親から雷を落とされ、謹慎を言いわたされてしまいます。さらに、親友のマグダとナディーンからも、「友達と恋人と、どっちが大切なの？」と迫られてつらい立場に追いこまれます。

著者ウィルソンは、これまでに児童書を中心に七十冊以上を出版していますが、その人気は英国内にとどまらず、作品は日本語をふくむ二十四カ国語に翻訳され、その売り上げは一千万部を超えているそうです。「大上段にかまえず、さりげない毎日の生活をたんねんに描くウィルソン流リアリズム」（英国アマゾン書評より）は、本作でも健在で、ジェットコースター並みに激しく舞いあがったり落ちこんだりする、恋するエリーの気持ちをストーリーの中心に、それを周《めぐ》る、「家族」、「友達」、「恋人」三者のリアリティあふれるせめぎあいが、温かさとユーモアのスパイスたっぷりに書きあげられています。

あくまでも子どもの目線を大切にするウィルソンは、多忙なスケジュールのなか、定期的に英国各地の学校や図書館を訪問し、子どもたちと直接ふれ合う時間をおしまないことでも知られています。二〇〇二年六月には、大英帝国勲位（ＯＢＥ）の叙勲を受けました。

三部作の予定でスタートした本シリーズですが、英国のグラナダにより連続ドラマ化されたほどの大人気で、「続きが読みたい！」というガールズファンのラブコールにこたえ、続編の第四巻ができました。『ガールズ　イン　ティアーズ：涙がとまらない（仮）』（原題Girls in Tears）として二〇〇四年一月刊行予定です。別れの涙、裏切りの涙、孤独の涙、それとも……。エリーたちガールズはどんな「涙」を流すのでしょう？　二〇〇二年ブリティッシュ・ブック賞のチルドレンズ・ブック・オブ・ザ・イヤー賞受賞作でもある、新しいガールズストーリーをどうぞお楽しみに。

最後になりましたが、翻訳にあたりお世話になった理論社の小宮山民人さんとリテラルリンクのみなさんに感謝をささげます。

二〇〇三年　八月

尾高　薫

ガールズ アウト レイト
もう帰らなきゃ!!

NDC933
四六変型判 19cm 326p
2003年 9 月 初版
ISBN4-652-07733-5

著者　ジャクリーン・ウィルソン　Jacqueline Wilson
1945年イギリス生まれ。ジャーナリストを経て作家に。児童書を中心に英国で約70冊以上の本を出版し、毎月5万部を売り上げる。犯罪小説、脚本なども手がけている。『バイバイわたしのおうち』（偕成社）でチルドレンズブック賞、『ふたごのルビーとガーネット』（偕成社）と『Lizzie Zipmouth』（未邦訳）でスマーティーズ賞を、『The Illustrated Mum』でガーディアン賞を受賞。本書は『ガールズ イン ラブ』にはじまる「ガールズ・シリーズ」の第三作。

訳者　尾高 薫（おだか かおる）
1959年北海道北見市生まれ。国際基督教大学卒業。東京都江戸川区に三人の子どもたちと住む。訳書に『ガールズ イン ラブ』『ガールズ アンダー プレッシャー：ダイエットしなきゃ!!』がある。

作者　ジャクリーン・ウィルソン
訳者　尾高 薫
発行　株式会社 理論社
　　　発行者　下向 実
　　　〒162-0056
　　　東京都新宿区若松町15-6
　　　電話　営業 (03)3203-5791
　　　　　　出版 (03)3203-2577

2006年 3 月第12刷発行

URL http://www.rironsha.co.jp